La memoria

1142

Maurizio de Giovanni

Dodici rose a Settembre

Sellerio editore
Palermo

2019 © Sellerio editore via Enzo ed Elvira Sellerio 50 Palermo
e-mail: info@sellerio.it
www.sellerio.it

Published by arrangement with The Italian Literary Agency

Questo volume è stato stampato su carta Palatina prodotta dalle
Cartiere di Fabriano con materie prime provenienti da gestione
forestale sostenibile.

de Giovanni, Maurizio <1958>

Dodici rose a Settembre / Maurizio de Giovanni. - Palermo :
Sellerio, 2019.
(La memoria ; 1142)
EAN 978-88-389-3830-6
853.914 CDD-23   SBN Pal0308789

CIP - Biblioteca centrale della Regione siciliana «Alberto Bombace»

Dodici rose a Settembre

A Daria.
Che corre ridendo

I

Gelsomina Settembre, detta Mina, camminava nel bosco, in piena notte.

L'ambiente non era certo accogliente, con rami e foglie e lieve vento dal nord che rendeva la pelle simile a quella di un pollo appena spennato, ma Mina sapeva che c'era di peggio, di molto peggio, quindi si godeva la passeggiata nella consapevolezza che ogni bella cosa ha una fine, come peraltro le aveva suggerito l'accordo introduttivo di *I will survive* che il subconscio le aveva acutamente proposto. Ma lei voleva fortemente ritardare l'inizio, quindi testardamente proseguì nel sentiero tra gli alberi, i piedi nudi a calpestare la torba, nessun ramoscello ad agganciare i lembi della svolazzante camicia da notte con la faccia di Paperina sul davanti.

Il bosco di notte, pensò mentre il subconscio cominciava a bussare più forte alla porta della consapevolezza, non è poi un brutto posto. Chissà chi si nasconde nell'ombra, certo; ma pure tu puoi diventare invisibile, e anche se non vuoi predare nessuno né saltare alla gola di qualche innocente animaletto erbivoro, puoi almeno provare a passare inosservata. E per una con il volto di un'oca con un fiocco rosa deformato da qual-

11

cosa sotto l'indumento, passare inosservata non era certo una brutta scelta.

Da lontano Gloria Gaynor o chi per lei cessò a metà l'intro del suo pezzo, e per qualche motivo Mina percepì la cosa come l'incombenza di una minaccia. Contemporaneamente si ritrovò in una radura, di fronte a un ramo che le tagliava trasversalmente il cammino all'altezza degli occhi. Per poco non ci andò a sbattere contro, e sarebbe stata una mezza tragedia perché al centro del suddetto ramo era assiso un enorme uccello notturno, forse un gufo o un barbagianni o un'upupa o chissà che. L'animale restò imperturbabile, gli occhi indagatori sgranati a pochi centimetri dal volto di Mina, che emise un impercettibile sospiro.

Il subconscio sussurrò: hai visto? Che ti avevo detto? Gloria Gaynor, Paperina, il bosco. Tutto chiaro, no?

Mina a quel punto, cedendo le armi, aprì un millimetro di occhio sinistro. Poteva essere interpretato, a un'osservazione sì esperta ma anche obiettiva, come un movimento rapido del bulbo, di quelli che accompagnano il sonno ancora profondo. Ci si attacca a tutto, nei momenti più disperati.

Dall'indistinta nebbia della cisposità notturna e della miopia non assistita da lenti emerse una porzione di viso ben nota e temuta, al centro della quale un enorme occhio inespressivo, in tutto uguale a quello dell'uccello notturno del sogno, fissava il suo. Chiunque altro, in qualsiasi circostanza, sarebbe balzato a sedere sul letto terrorizzato. Mina invece si appellò alla consolidata abitudine e all'istinto di conservazione dell'animale braccato, e controllò il ritmo del respiro in maniera da informare l'osservatrice della persistenza del sonno profondo. A volte, in passato, aveva funzionato. Due o tre in quarantadue anni, almeno.

L'occhio sibilò, non senza una quota di maligna soddisfazione:

«Ah ah. Ne hai un'altra. Proprio qui, all'angolo dell'occhio».

«Grom», disse Mina in risposta, vuoi per prendere tempo, vuoi per un'umana difficoltà ad articolare concetti a quell'ora del mattino. Tossì e migliorò la dizione:

«Che?».

L'occhio, che miracolosamente non aveva avuto un battito di ciglia in tutto il tempo, declamò deciso:

«La zampa di gallina. Una bella zampa di gallina, proprio qua. E sono tre, senza contare la ruga in mezzo alla fronte e il segno sul mento. La pelle sta cedendo, è evidente. Questione di mesi, forse di settimane, e sarai una vecchia. Un vecchio cesso, per la precisione».

Mina sospirò, rassegnata ad aprire gli occhi. La sveglia non avrebbe suonato almeno per ancora mezz'ora, quindi era stata defraudata della parte migliore del sonno in cambio di quell'ottimistica analisi sul suo prossimo futuro estetico.

«Buongiorno anche a te, mamma. Ti sei svegliata allegra, vedo».

L'ex uccello notturno si drizzò a sedere sulla sedia a rotelle visibilmente soddisfatto, arretrando di un mezzo giro (giusto due note dell'introduzione di *I will survive*, il cigolio eletto per la settimana) per stabilire la distanza ottimale per il confronto.

«Buongiorno un cazzo» chiarì con un malevolo sorriso. «Non ti rendi conto che nel mondo di oggi, così come l'ha organizzato la tua generazione e non la mia, sia chiaro, ché avevamo valori e principi ben diversi, essere un vecchio cesso significa stare al di fuori di ogni possibilità di vita? Dovresti essere tu e non io a valutare come stia precipitando la situazione. Il mio è un servizio. Andrei pagata, per questo».

Mina annaspò dal letto alla ricerca di una risposta tagliente, che al solito le sarebbe venuta cinque o sei ore dopo, quando sarebbe stata ormai inutile.

«E che ti devo dire, mamma, grazie. Hai la funzione di quei monaci medievali che dicevano alla gente, per strada: ricordati che devi morire. Così, per tenerlo a mente. Grazie».

La madre fece una smorfia di soddisfazione. Erano le sei e mezza, ma esibiva un'invidiabile messa in piega dei capelli azzurro metallizzato e un make up perfetto, senza il quale Mina non ricordava di averla mai vista. Fosse stata in piedi anziché immobilizzata sulla sedia, non aveva dubbi che sarebbe andata in giro a rovinare famiglie.

«Senza contare il sesso, naturalmente».

No, pensò Mina; il sesso no. Non a quest'ora del mattino.

Provò ad alzarsi dal letto, ma la posizione della sedia era strategica e le impediva di aggirarla.

«L'unico modo, e dico l'unico che ha una come te, nelle tue condizioni, per mantenere una speranza di non vedersi chiudere in un ospizio dei poveri a inghiottire minestra insipida da una bocca sdentata, è il sesso. Che poi, parliamoci chiaro, non è nemmeno spiacevole da usare, come arma».

«Mamma, ti prego, non cominciare, e poi mi dà fastidio parlare di cose del genere con te, sei mia madre, maledizione!».

La donna fece una smorfia:

«Purtroppo per me, sì. Perché se il destino invece di renderti così simile a quel povero deficiente di tuo padre, pace all'anima sua, e non a me che ho un minimo di senso pratico...».

«Mamma, io ho senso pratico! Lavoro, esco, ho tanti amici e...».

La donna sulla sedia cominciò a enumerare sulle dita, sputando le frasi come condanne:

«Il senso pratico consiste nel pensare al futuro. Il pensare al futuro consiste in una sistemazione economica. La sistemazione economica consiste nel trovarsi un uomo. Trovarsi un uomo significa sceglierne uno, facoltoso e vulnerabile, e dargliela con parsimonia e progressivamente. Il che mi pare fuori dalla tua operatività da molto tempo, o sbaglio?».

Mina non aveva smesso di cercare un varco che le consentisse di scendere dal letto, ma Concetta, nome che faceva peraltro comprendere la propensione al ragionamento freddo e analitico della madre, continuava a spostare in marcatura la sedia con singole note cigolanti che facevano da accompagnamento.

«Senti, mamma, io non credo proprio che l'amore possa essere ridotto a... a... insomma, a quello che dici tu. Se deve arrivare arriva, altrimenti una donna moderna ha tutte le possibilità di essere indipendente, e...».

«Minchiate» disse Concetta con fermezza, «tutte minchiate. Oggi come ieri le donne contano solo per la consistenza dell'uomo che hanno vicino, altrimenti sono tutte zitelle arrabbiate che cercano di sembrare maschi senza esserlo. Guarda le tue amiche: si può fare una graduatoria precisa, quelle che stanno meglio sono le più zoccole. Non certo le più capaci professionalmente».

Mina aprì e chiuse la bocca un paio di volte, in un'ottima imitazione di una triglia appena pescata, nello sforzo mentale di produrre un valido esempio in contrasto con quella medievale visione dell'universo femminile.

Concetta sorrise mefistofelica e soddisfatta:

«È inutile che cerchi, posso elencarti i primi venti posti e sono solo zoccole senza attività cerebrale. Dal che si desume senza ombra di dubbio che l'intelligenza è un grave limite, mentre la propensione ad aprire le gambe è una favolosa opportunità».

Mina decise che era troppo per un inizio di giornata, e si risolse a spostare con fermezza la sedia di quattro gradi a ovest per guadagnarsi la strada verso il bagno. La Gaynor emise un breve lamento a settantotto giri.

La madre le urlò dietro:

«Io lo dico per te. Ti resta poco. Pochissimo, ricorda. Un uomo ce l'avevi, e l'hai perduto perché sei cretina, il che va bene se sei pure zoccola. Essere cretina senza essere zoccola è inutile, e...».

Amputando la fine del sillogismo, Mina chiuse la porta del bagno ritrovandosi però di fronte al secondo nemico: lo specchio.

Nella sua urticante violenza verbale la madre metteva in campo un ragionamento che, in altri termini e senza ammetterlo nemmeno a se stessa, Mina in parte condivideva in forma di vaga preoccupazione. Primo: a quarantadue anni era sola, e viveva ancora nella cameretta di quand'era ragazzina. Un matrimonio fallito alle spalle, una passione sociale che aveva fortemente voluto diventasse una professione che peraltro non le avrebbe mai consentito una brillante carriera né tantomeno l'indipendenza economica che aveva millantato in precedenza. Tra sé e sé dava a Concetta un nome: il Problema. Ma era evidente che il Problema era tutto suo.

Dallo specchio, a poca distanza dalle insorgenti nuove zampe di gallina, Paperina la fissò. Era strabica, un occhio allungato e l'altro enorme, e anche il becco registrava un marcato prognatismo. Quanto al fiocco sulla sommità del pennuto cranio, sembrava pettinato all'indietro come un ciuffo negli anni Venti.

Mina sospirò, scuotendo lievemente il capo. Quello era il suo secondo Problema, quello che lasciava alla madre la speranza persistente di una virata nel territorio delle zoccole, quello che le creava da sempre difficoltà di dialogo con l'altro sesso, quello che portava sul volto della gran parte degli interlocutori un mezzo sorriso ebete e l'evidente incapacità di mantenere la conversazione coerente, quello che creava nelle donne livida invidia e sussurri su interventi di chirurgia ovviamente inesistenti. Quello che ogni giorno poneva l'orgogliosa domanda, al di sotto di Paperina: come intendi nascondermi, oggi?

Perché Mina era l'incerta, insicura portatrice di un meraviglioso davanzale che non si rassegnava alla quinta misura di reggiseno contenitivo nel quale cercava di costringerlo da quando aveva sedici anni, che non accennava a cedere alle istanze della forza di gravità e che costituiva un elemento di radicale controtendenza ai suoi tentativi di sottrarsi definitivamente a ogni forma di concupiscenza, per essere apprezzata per gli argomenti culturali e non per quelli estetici.

Non che per il resto fosse brutta, Mina; anzi. Le sue tre amiche del cuore, uniche superstiti della precedente vita borghese fatta di circoli nautici e tè sorbiti sul ponte di imbarcazioni da crociera, che combattevano con ogni mezzo lecito e illecito il trascorrere del tempo, le rimproveravano duramente di essere la più bella di tutte, proprio lei che non se ne fregava una mazza di esserlo. I capelli lucidi e corvini, gli zigomi alti, gli occhi neri e profondi meritavano sicuramente attenzione: ma il Problema Due, quello era assolutamente unico.

Una volta Mina aveva timidamente chiesto a un medico notizie di una mastoplastica riduttiva, così per sapere, essendo lei terrorizzata dal bisturi e quindi lontana da quelle pratiche. Il dottore aveva guardato, aveva deglutito un paio di volte, si era tolto gli occhiali, li aveva ripuliti, li aveva rimessi, aveva accennato a rispondere ma la voce gli era venuta fuori in falsetto, aveva tossito, era arrossito, aveva detto che l'etica gli impediva di intaccare un organo sano che non aveva bisogno di mano umana, poi le aveva chiesto il numero del cellulare.

Lì niente zampe di gallina, pensò una volta rimossa Paperina che tornò nelle sue normali proporzioni. Sarebbe diventata vecchia e nessuno avrebbe creduto che quell'anziana signora non aveva speso tutti i risparmi per morire maggiorata. Uno sberleffo della sorte, per una che faceva l'assistente sociale nei Quartieri Spagnoli e non certo l'indossatrice di costumi da bagno.

Il pensiero andò a Claudio, il compìto ex marito, e in particolare al suo modo di restare per un attimo fermo davanti a lei nuda, a occhi chiusi come cercando ispirazione per essere all'altezza.

E subito la sua mente impertinente e incontrollabile prese il volo e, mentre lo specchio rimandava l'immagine del sogno di ogni pornoattrice che si lavava i denti, costruì davanti agli occhi miopi il volto di un tipo dai capelli biondo scuro e dalle spalle larghe, col camice addosso.

Come devo fare con te?, chiese Mina allo specchio.

Senza ricevere uno straccio di risposta.

II

E così alla fine l'hai fatto veramente, l'avvocato.

Che strano, però: come se qualcosa dentro di te sappia già come andrà a finire, nella vita, e ti faccia fare qualche incursione nel futuro già dal remoto passato, quando le idee sono confuse e strane.

Io non mi ricordo di tutti voi, sai. Certo c'ero, quella sera, c'eravamo tutti, pieni di speranze e di attese per il domani. C'ero, ma la mia concentrazione era su chi puoi immaginare, non riesco a ricordare tutto. Alla luce dei fatti però, ad andare indietro, mi applicherei su ognuno di voi. Anzi, se avessi la macchina del tempo e potessi scegliere un momento, uno solo in cui tornare, prima ancora di rivivere qualche meraviglioso attimo dell'ultima felicità, quando ci sentivamo completi e sereni e tutto sembrava rosa e azzurro, probabilmente andrei proprio là, quella sera, e mi metterei a osservare tutti senza perdermi un gesto, un'espressione.

Forse in questo modo riuscirei a ricostruire una scaletta delle responsabilità, riconoscerei le tinte delle differenti colpevolezze. Ma probabilmente sarebbe inutile, non credi? Perché quello che è certo è che siete tutti colpevoli. Tutti.

E quindi fai l'avvocato. Bene. Dalle carte che hai sulla scrivania direi che sei anche un buon avvocato, vedo che si tratta di cose serie. Diritto societario, no? Usi una bella penna rossa, come un maestro elementare. Metti note a margine degli atti, sottolinei le parti da cambiare, aggiungi frasi. Sei bravo. Io non ne capisco molto, naturalmente, per carità, sono una persona semplice: ma si capisce quando uno è bravo, e tu evidentemente lo sei.

Mi fa piacere, questa cosa. Costruire una professionalità, esprimere se stessi con successo dev'essere bellissimo. Certo tu non sei invisibile, quando arrivi con questi completi da duemila euro, con la cravatta firmata e il lavoro del dentista in bella mostra devi essere un vero spettacolo. E mi ricordo che si capiva che eri un ragazzo in gamba, anche allora. Un ragazzo sicuro di sé, col mondo in mano.

Hai questo strano modo di concentrarti, come adesso. Un po' piegato sul fianco, la nuca scoperta. Interessante, chissà che stai studiando. Magari qualche imbroglio.

Perché a prescindere da quello che hai fatto, magari qualcosina di sbagliato la fai ancora, no? Sei un avvocato, e si sa che gli avvocati sono sempre un po' scorretti. Altrimenti non servirebbero. Altrimenti non esisterebbero.

Ragion per cui alla fine magari vale la pena. Forse facciamo pure un piacere a qualcuno, salviamo qualche innocente al quale stai per far passare un guaio al posto di un altro, che se ne starà al sole con un long drink

21

in mano invece che in galera, dove dovrebbe essere. Cominciamo con te, che eri avvocato già allora, e questo sì che me lo ricordo, eri scorretto. Molto scorretto. Simpatico, per carità, ma scorretto.

Ma non voglio nemmeno togliere importanza a quello che sto per fare, avvoca'. Non ho certo bisogno di giustificazioni, né di pensare che sto facendo il bene di chissà chi, sia chiaro. Si fa per dire, no? Si fa per dire.

Ecco che prendi la penna rossa, e cominci a cancellare. Un rigo, due. Scuoti pure la testa, come a rimarcare l'errore; forse qualcuno dei ragazzi che lavorano qui con te, domani mattina, avrebbe ricevuto un cazziatone di quelli potenti, chissà, forse avresti cacciato qualcuno.

Ecco, ci sto ricascando: non devo giustificare niente. Tu stai solo pagando il giusto, a distanza di tempo, è vero, ma solo il giusto. Quello che di buono o di cattivo hai fatto dopo è un problema tuo e della tua coscienza, te la vedi col tizio che ti troverai di fronte, non sono fatti miei.

Io sai chi sono, avvoca'? Sono solo la penna rossa. Un oggetto inanimato, senza colpe, leggero e insignificante, al quale nessuno fa caso, una penna che se ne sta buona insieme alle altre, quella verde, quella blu, quella nera, che finché la lasci là, inerte e immobile, non fa niente di speciale. Poi però la prendi in mano e diventa uno strumento terribile, cancelli frasi intere e fai come se non fossero mai esistite, cambi un rigo e chissà quale storia, quale vita devia dal suo corso e non sarà mai più la stessa.

Una fusione, un'acquisizione; una firma sotto un foglio, un atto, degli accordi. E decine, centinaia di famiglie che si ritrovano in mezzo a una strada, così il tuo cliente col long drink risparmia tasse e stipendi. È vero, avvoca'?

Ma abbiamo detto che non dobbiamo fare l'errore di confondere il presente col passato. Il presente è un problema tuo, il passato no.

Il passato è un problema mio. Un problema da risolvere.

Allora, diamo un'ultima occhiata. Di là non c'è più nessuno, che bella quest'abitudine di lavorare fino a tardi, di fare il capitano della nave che la lascia per ultimo. Tutto è a posto, non si sente niente, la strada sta dodici piani più in basso. Il portiere se n'è andato.

Le rose?

Eccole là, in quel bel vaso. Si mantengono bene, eh? Certo, con quello che costano.

Be', è ora che la penna rossa faccia il lavoro suo, avvoca'. È proprio ora.

III

Il complicato tragitto di mezzi pubblici che la separava dal consultorio era per Mina sempre fonte di riflessioni e presagi. Le riflessioni riguardavano se stessa e la propria vita, i presagi la giornata che l'aspettava.

Sì, perché se in materia di religione e di fatalismo la donna aveva un atteggiamento sostanzialmente agnostico, lucidamente ritenendo di non essere in possesso di materiale sufficiente a formarsi un'opinione, ciononostante la trascendenza non era un concetto distante dalla sua anima. Con quello che aveva visto e quotidianamente vedeva passare davanti ai suoi occhi le sembrava oggettivamente complicato credere in una divinità provvidente, e anche se spesso doveva fare appello a risorse di pazienza di cui non era in possesso persino le filosofie orientali le sembravano sostanzialmente infondate. Era una donna pratica, cercava di fronteggiare i bisogni quotidiani delle persone: riteneva si potesse esercitare poca meditazione zen con sei bambini che piangevano per la fame e i topi che scorrazzavano liberi sul pavimento.

Né credeva all'ineluttabilità del destino, Mina. Il destino si costruisce, si determina e si piega alla volontà umana. Non esiste il piano inclinato, la via obbligata è il rifugio di chi non ha la forza di reagire, sosteneva quando si trovava impelagata in discussioni del genere.

E tuttavia c'era qualcosa di superiore, di soprannaturale in cui non si sentiva di fare a meno di credere. E ci credeva con tutte le forze, con la rassegnazione e la dedizione di chi ha avuto numerose univoche prove a sostegno della propria fede.

Mina credeva nella Giornata di Merda.

C'era qualcosa nella sequenza degli eventi che li rendeva unidirezionali, che li sistemava e li disponeva in maniera tale che andassero nello stesso verso. Immaginava una qualche riunione in un posto segreto, una soffitta o uno scantinato, in cui alla spicciolata e col volto coperto, guardandosi intorno circospetti, arrivavano uno alla volta coloro che avevano poteri decisionali sulla sua vita, e si accordavano affinché tutto le andasse storto. Un tavolo rettangolare, lungo, sua madre che dava avvio all'incontro in qualità di presidente, dichiarando aperta la seduta, e via agli interventi. La cosa doveva funzionare benissimo, perché una volta avviata la Giornata di Merda (che lei per comodità sintetizzava tra sé con l'acronimo GdM) proseguiva scorrendo come una sinfonia fino alla fine, senza che nulla ne alterasse la perfezione.

Nella fattispecie, la GdM si propose con uno spettacolare errore nella scelta dell'abbigliamento. Il largo informe maglione, la cui principale funzione era di celare il Problema Due, era stato mal lavato da Sonia, la distratta badante moldava del Problema Uno, ed era diventato molto meno largo e informe. Prima ancora di accorgersene da sola, Mina fu informata di ciò da un lieve tamponamento tra un'utilitaria e un furgone davanti al portone di casa sua, senza gravi conseguenze per fortuna ma con florilegio di bestemmie da parte della tamponata che in cambio ottenne, a mo' di giustificazione, che il tamponatore indicasse lei, Mina, in qualità di colpevole.

La GdM propose nel menu la soppressione della corsa della metropolitana per lavori, e un clima insolitamente caldo per novembre affinché la donna potesse arrivare in netto ritardo sull'orario di inizio del lavoro, e sudata come dopo una sessione di palestra.

Il consultorio aveva sede in un fatiscente palazzo alla fine di un fatiscente vicolo, con un paio di fatiscenti negozi al piano terra e un fatiscente androne buio, al cui angolo c'era una fatiscente guardiola che avrebbe, per coerenza, dovuto ospitare un fatiscente portinaio. La continuità era interrotta proprio dalla personalità del titolare del ruolo, in clamorosa controtendenza con il luogo.

Mina si fermò all'angolo del portone, scrutando la penombra. Era già in ritardo e mai come quel giorno non poteva permettersi un incontro con l'indiscusso proprietario di quell'antro infernale. Si sentiva in tutto e per tutto come una gazzella che, in piena savana, doveva necessariamente passare per il territorio del leone pur di arrivare all'abbeveratoio.

Non si vedeva nessuno. Forse l'uomo era andato al bar, all'agenzia di scommesse o in qualcuna delle case chiuse abusive che pullulavano in zona. Con sei, massimo otto passi poteva dileguarsi per la rampa di scale, e la situazione dell'orario non si sarebbe aggravata. Tirò un profondo sospiro ed entrò, tenendosi lungo il muro e camminando velocemente.

Ma la GdM non poteva certo permettersi di derogare da se stessa in uno dei suoi aspetti fondamentali, per cui da un anfratto di cui Mina non sospettava l'esistenza pur frequentando il posto da tempo immemorabile, venne fuori un ometto che non raggiungeva il metro e sessanta nonostante le scarpe col rialzo, di un'età apparente compresa tra i sessanta e i centoventi, i vivaci occhietti neri circondati da un reticolo di rughe derivanti da decenni di ammiccamenti e un'improbabile chioma nero pece con tanto di baffi in tinta.

Trapanese Giovanni, detto Rudy per la salda convinzione di essere uguale a Rodolfo Valentino nel film *Lo sceicco*, approfittò dell'andatura sostenuta di Mina per fingere di scontrarsi con lei in un clamoroso frontale. Il leone aveva ancora una volta vinto la sua battaglia.

La contenuta altezza dell'uomo, unita alla piena consapevolezza della collocazione del bersaglio, fece sì che lo scontro fosse per lui attutito da un paradisiaco airbag. Mina rivolse una muta invocazione alla Commissione per la GdM, di cui Rudy faceva senz'altro parte.

Il portinaio era, tra i satiri assatanati, il più assatanato. Le donne costituivano non il principale, ma l'unico argomento di conversazione di Trapanese (perfino il cognome veniva da lui letto come un presagio della propria attitudine seduttiva), e i pettorali di Mina erano come un Van Gogh originale per un critico d'arte con la sindrome di Stendhal.

La cosa si estrinsecava nell'insopportabile abitudine di non distogliere mai gli occhi dai predetti pettorali, con un estatico sorriso sotto i baffi corvini e una punta di lingua che passava laida sul labbro superiore. E siccome dava, secondo l'uso, del voi a Mina, lo straniante effetto era quello di un uomo che dialogava con due seni.

«Ma che piacevole incontro, a prima mattina» disse al seno destro.

Mina grugnì:

«Oh, Trapane', buongiorno. Non l'avevo vista».

L'uomo si rivolse al seno sinistro:

«Ma figuratevi, lo capisco. Però io ho visto a voi, e tanto basta».

La donna rivolse uno sguardo all'ascensore.

«Ancora fuori servizio, eh?».

«E figuratevi, dottore'. L'amministratore è latitante, tiene più denunce di un serial killer, e qua non ci stanno soldi nemmeno per le pulizie delle scale, l'ascensore sta agli ultimi posti. Mi sa che ve la dovete fare a piedi. Ma se volete vi accompagno».

L'offerta, rivolta ai seni nell'esplicita speranza di vederli sussultare per le scale, fu rifiutata con un cortese cenno del sovrastante viso.

«Che si dice, di sopra? Novità?».

Punta di lingua, passaggio da destra a sinistra, concentrazione sul destro. Mina ebbe la solita spiacevole sensazione di essere seniloqua.

«No, tutto come al solito. La fila delle aspiranti visitate dal dottor Gammardella è folta come sempre, la dottoressa Monticelli non si è vista come sempre, quelli delle pulizie se ne sono andati un'ora prima come sempre».

La donna sospirò, scuotendo la testa. La GdM non veniva mai meno sulle certezze.

Diede una rapida occhiata all'orologio. Mezz'ora di ritardo.

«E per quanto mi riguarda, qualcuno mi ha cercata?».

Rudy sorrise benevolo alla tetta alla sua sinistra e disse:

«E come no, dottore'. Ci sta la signora Ammaturo, come ogni lunedì. Tiene pure il figlio piccolo, stavolta».

Mina rese atto alla GdM di essere una principessa tra le GdM. E con un profondo sospiro, seguita dallo sguardo di Trapanese che le accarezzava il posteriore come la mano di un maniaco in un autobus strapieno, si addentrò nell'odore perenne di cipolle e aglio che costituiva il microclima delle scale.

29

IV

Quello che pomposamente veniva definito Consultorio Quartieri Ovest era uno scalcinato appartamento al terzo piano di un palazzo, come detto, perennemente privo di ascensore. L'arrivo era reso ancora più selettivo dalla strana ultima rampa di scale, vigliaccamente costruita in maniera assai diversa dalle altre.

La cosa era dovuta al fatto che in quella zona gli edifici, risalenti a nuclei del Seicento, erano a tutti gli effetti organismi viventi cresciuti in maniera disordinata e in ogni direzione nel corso dei secoli. Il Consultorio Ovest (ma quello Est, troppo ottimisticamente previsto in origine, non era mai esistito) era frutto di un dimezzamento dell'appartamento al secondo piano, con conseguente piccola scala di accesso ben più scoscesa delle precedenti, peraltro già abbastanza ripide, che avevano la precisa funzione di fiaccare la temeraria resistenza di chi saliva affinché i gradini finali fossero il colpo di grazia.

Il cemento di scarsa qualità si era andato sgretolando e sconnettendo, e la lampadina perennemente fulminata creava quell'intima semioscurità perfetta per ritornare bambini, con le ginocchia sbucciate e il sedere in fiamme. Mina aveva spesso apprezzato le conoscenze teologiche inattese che emergevano dalle bestemmie di chi cadeva prima di riuscire ad accedere al consultorio.

Una volta, quand'era giovane e ancora in possesso del fuoco sacro dell'inizio della professione, nell'ufficio competente del Comune dov'era andata a protestare, Mina aveva fatto presente che i portatori di handicap motori rientravano nelle categorie che avevano più facilmente bisogno dell'attività del suo ufficio, e che quella barriera impediva loro l'accesso. La funzionaria si era tolta gli occhiali e l'aveva fissata con un sorriso astuto (almeno lei così aveva creduto, perché il clamoroso strabismo della donna faceva immaginare che si rivolgesse al crocifisso sulla parete di destra e a un fermacarte sull'angolo opposto della scrivania), dicendole:

«E non siete contenta, signori'? Così tenete meno clienti».

Alle sue rimostranze, poco incline com'era all'umorismo sulle cose serie, la funzionaria si era fatta seria e aveva soggiunto:

«Quindi fatemi capire: state protestando in via ufficiale? Perché se è così, io devo mandare un'ispezione. Che facilmente, siccome ognuno si deve levare da mezzo agli imbrogli, deciderà che il posto non è agibile. E allora facilmente, siccome pure noi qua amiamo toglierci da mezzo agli imbrogli, decreteremo la chiusura del consultorio. Che facilmente dovrà aspettare che si liberi qualche locale adatto. Che facilmente sarà individuato difficilmente. Allora che volete fare,

31

dottore'? La mettete per iscritto, la vostra lamentela? Dite, dite. Prendo un foglio e scriviamo?».

Basta una solerte funzionaria strabica del Comune per farti apprezzare quello che hai, pensava Mina. Compresi i gradini traditori che, col fiato corto, affrontò con decisione.

Ad accoglierla dietro la porta trovò gli occhi acquosi e gentili del dottor Rattazzi, ginecologo settantenne in pensione che per quasi quarant'anni era stato il punto di riferimento per migliaia di gravidanze lecite e illecite del quartiere, fino a quando l'incipiente grave presbiopia e un insorgente tremito delle mani lo avevano messo a rischio di molestie durante le visite.

Era un uomo perbene, dolce e sensibile anche alla bellezza femminile, per cui mostrò di apprezzare gli effetti del respiro accelerato dalla veloce ascesa sul maglione di Mina.

«Ah, eccoti qui» le disse. «Sono venuto a salutarvi, ma all'improvviso non c'è più nessuno di quelli che conoscevo. Come passa il tempo, eh?».

La donna gli sorrise, appoggiando una mano allo stipite della porta:

«Stefano, che bello vederti. Ma ti posso ricordare che sei venuto a salutarci pure venerdì scorso, cioè tre giorni fa?».

Rattazzi sbatté le palpebre:

«Davvero? Mi pareva di più. Come passa il tempo, eh?».

Mina lo fissò preoccupata.

«Stai bene, sì? C'è qualcosa che non va?».

L'uomo si guardò attorno un po' smarrito, soffermandosi sulla piccola folla che stazionava nel corridoio in attesa davanti a una porta chiusa.

«No, è che non mi ricordo mai in tanto tempo tutta questa gente in attesa per il dottore. Quando c'ero io due, tre al giorno e solo quando girava qualche venerea importante, adesso invece guarda là. Come passa il tempo, eh?».

Mina si chiese se il dover finire ogni pensiero con quella frase fosse un precetto di una qualche religione alla quale il medico aveva aderito negli ultimi tempi.

«Che ti devo dire, Stefano, può essere che ci sia qualche contagio in giro».

Rattazzi scosse il capo.

«Già, già, lo so bene, qualsiasi cosa si trasmetta sessualmente non ti riguarda, tu sei al di sopra di ogni sospetto. Eppure senti, Mina, io non me li voglio fare i fatti tuoi, ma guarda che una sana attività in quel senso, per una donna della tua età, può essere solo benefica. Io mi ricordo quando sei arrivata qui, eri appena sposata, vero? Luminosa, bella, allegra, non come adesso che, scusa se te lo dico, hai sviluppato un carattere un po', come dire... Come passa il tempo, eh?».

La donna pensò di chiedere al medico se per caso aveva sentito sua madre al telefono, poi optò per un lungo respiro liberatorio.

«Stefano, se non hai bisogno di altro io andrei in ufficio, c'è una persona che mi aspetta, a quanto mi dice Trapanese».

Il dottore sorrise:

«Ah, certo, vai pure, perfino Trapanese mi sembra meno disgustoso da quando non lavoro più. Mi pare ieri che metà della mia giornata consisteva nel convincere tutte le molestate da lui a non denunciarlo. E adesso sento la mancanza pure sua, pensa un po'. Come passa il...».

«Tempo, sì, e infatti è proprio tardi. Scusami, Stefano, io vado. E se posso dartelo io, un consiglio, cerca di tornare qui il meno possibile. Non credo ti faccia bene».

Di nuovo il dottore sbatté le palpebre.

«Dici? Va bene, ci proverò. Per favore, salutami tu il collega; digli che se ha bisogno di me, ho lasciato il mio numero sulla sua scrivania, in ogni cassetto, scritto su un post-it nel bagno e qui in corridoio, e poi naturalmente ce l'hai anche tu, no? Non vorrei che qualcuna del quartiere chiedesse di me e lui non riuscisse a trovarmi».

Mina rivolse un'occhiata alla fila che attendeva nel corridoio. Nessuna si era voltata a guardarli.

«Io credo che se la cavi alla grande da solo, ma riferirò senz'altro, stai tranquillo».

Si avviò a grandi passi verso l'ufficio, quando con voce tremante Rattazzi la chiamò:

«Mina?».

«Dimmi, Stefano».

L'uomo le rivolse un incerto sorriso:

«Come passa il tempo, eh?».

V

L'ufficio di Mina occupava una delle tre stanze del-
l'appartamento, ed era quella di dimensione inferiore:
la più grande era del ginecologo, perché doveva ospitare il lettino e una tenda per spogliarsi e l'altra costituiva l'inutile, desertica attestazione di importanza
della dottoressa Lucilla Monticelli Salvi, psicologa ricchissima e ai fini del consultorio inesistente perché si
era vista tre volte negli ultimi sei mesi, approfittando
della zona franca consentita al suo rango di moglie di
un famosissimo primario.

E d'altra parte il supporto psicologico era difficile
da somministrare, essendo la quasi integralità dei postulanti in cerca di certificazioni di vario genere.
«Dottore'» le aveva detto una volta una virago che
voleva un passaporto non possedendo nemmeno la carta d'identità, «qua se vogliamo parlare con qualcuno
che ci può aiutare andiamo da San Gennaro, con tutto il rispetto».

L'affluenza era sempre stata piuttosto scarsa, come
rimarcato dal dottor Rattazzi. In un quartiere in cui ci
si batteva per la sopravvivenza, dove poche regole va-
levano e nessuna derivante dal codice della strada, a me-

no che non si fornissero pacchi di qualcosa o (meglio) sussidi in denaro, era difficile definire con esattezza la natura del supporto professionale. Anche se col tempo la struttura era stata accettata e scorrerie notturne finalizzate alla gratuita asportazione delle suppellettili meno rottamabili non ce n'erano state, un'aura di sostanziale diffidenza continuava ad aleggiare come una triste nube sull'appartamento del secondo piano e mezzo.

La prima, importante barriera culturale era nell'ostinato, ottuso e inutile uso dell'italiano da parte dei professionisti. Pur essendo la Monticelli presente solo in effigie sul manifesto esplicativo all'ingresso (e peraltro i pochi fortunati che l'avevano incontrata ricordavano la completa assenza della erre dal suo eloquio), tutti e tre i dottori si ostinavano a usare quella lingua inutilmente complicata e ormai obsoleta, lontana sia dall'idioma parlato in strada sia da quello rinviato dai display degli smartphone di cui, grazie alle offerte e alle elargizioni promozionali della criminalità organizzata, erano provvisti anche coloro che avevano problemi a coniugare pranzo e cena.

Di chi usava l'italiano non c'era da fidarsi. Un principio semplice, una regola fissa. Era il parlato dei carabinieri e dei poliziotti, almeno per la maggior parte di essi, e peggio ancora dei giornalisti che sotto mentite spoglie cercavano di girare documentari etologici e che venivano immediatamente riconosciuti e presi per i fondelli con una finzione perfetta, occasionalmente rovinata da ragazzini che salutavano le telecamere nascoste con sdentati sorrisi.

Ma la burocrazia imponeva l'intervento del consultorio in numerose occasioni, per cui obtorto collo e quando necessario ci si doveva arrampicare. Mina percorse rapidamente lo stretto corridoio tappezzato di poster i cui modelli erano stati sfregiati da anni con maligni graffiti che li avevano dotati di enormi organi genitali sapientemente dipinti, arrivando a quello che pomposamente chiamava il suo ufficio.

Si trattava di una stanza buia e angusta, con l'intonaco a macchie per l'umidità, una lampadina nuda e polverosa che pendeva come una minaccia dal soffitto e una malandata scrivania sormontata da un computer archeologico che andava dilatando giorno dopo giorno i tempi di accensione e spegnimento, tanto da conferire un apporto complessivo di circa mezz'ora su ventiquattro. L'arredo più notevole al momento era costituito da Ammaturo Assunta detta Jessica, gentildonna annoverabile tra le tipiche giovani madri del quartiere, campionessa nazionale di dispersione scolastica familiare con sei figli che avevano totalizzato complessivamente non più di una dozzina di presenze negli istituti di appartenenza.

Era forse la più assidua frequentatrice dell'ufficio di Mina. L'assistente sociale le aveva detto una volta che era certa che avrebbe impiegato al massimo un quarto dell'energia consumata per sfuggire alle maglie dello Stato per rispettarne invece le norme, ma la donna le aveva orgogliosamente risposto che le affermazioni di principio vanno bene al di là dell'utilità personale.

Il marito di Jessica, Ammaturo Vincenzo detto Diegoarmando per la riconosciuta abilità nel dribbling alle forze dell'ordine, era provvisoriamente assente per una decina d'anni per quello che la moglie definiva un vile clamoroso errore giudiziario limitativo della libera iniziativa commerciale nel campo del traffico internazionale di sostanze ingiustamente proibite. In piena continuità genetica il figlio maggiore, il sedicenne Ammaturo Jonathan detto Bigliettino, era stato vigliaccamente seguito dai poliziotti mentre recapitava innocenti informazioni sugli spostamenti di un furgone portavalori a quattro specchiati gentiluomini che stavano organizzando uno scherzo al conducente.

Era perciò un mistero per Mina il modo in cui Jessica riuscisse ad approvvigionarsi di risorse economiche per mantenere un livello esistenziale che lei avrebbe raggiunto solo diventando la favorita di uno sceicco, uno di quelli ricchi. Soltanto in termini di abbigliamento, gioielli e cosmetici quella donna spendeva una decina di volte lo stipendio di un'assistente sociale come lei, ammesso che lo stipendio fosse effettivamente pagato e non viaggiasse con tre mesi di arretrato costringendola alla piacevole e divertente convivenza col Problema Uno.

Non che la spesa valesse l'impresa. La Ammaturo che l'attendeva fumando nervosa e camminando avanti e indietro nella minuscola stanza come una leonessa in gabbia era tutt'altro che avvenente, e il gusto raffinato non riusciva a migliorarne l'impatto estetico. Ricordava infatti una vecchia Seicento, con sbalzi arrotondati e poco aerodinamici sui fianchi piramidali e polpacci semisferici come le braccia che straripavano un po' cianotiche dalle strette maniche di una maglietta multicolore che affermava l'appartenenza alla linea di uno stilista il quale, se l'avesse vista, non avrebbe esitato a mettere fine alla propria esistenza in maniera tragica.

Tra il bordo della maglietta e l'inizio di un pantacollant che da nero era diventato grigio chiaro per la tensione disperata del tessuto decorrevano una ventina di centimetri che costituivano di per sé una scena di un film horror. L'ombelico affondava nel grasso e siccome era stato guarnito da qualcosa di luccicante emanava sinistri bagliori ogni volta che una particolare posizione ne provocava la momentanea emersione. L'elastico del pantacollant, sul punto di cedere alle leggi della fisica, lasciava un cordone violaceo che si mostrava quando l'indumento chiedeva grazia e si ritirava sotto la linea di galleggiamento, prima che la proprietaria lo artigliasse per tirarlo su. Il retro era anche peggio. Due vezzose fossette increspavano l'adipe, e al centro della posizione almeno dieci centimetri della fessura che separava gli enormi glutei minacciavano i sonni di chiunque si trovasse nella dolorosa posizione di doverla osservare senza poter distogliere l'inorridito sguardo.

Le scarpe erano gialle. Poco male, si dirà. Ma il giallo era talmente giallo che al buio avrebbero attirato nugoli di insetti anche in una rigida notte invernale, tenuto conto dell'altezza dei tacchi che in molti paesi sarebbero stati catalogati come sopraelevazione soggetta a permesso catastale. Compresa questa, Jessica arrivava al metro e sessantacinque solo grazie alla cotonatura del ciuffo color blu elettrico pettinato perpendicolarmente al cuoio capelluto.

Mina sospirò, scuotendo il capo:

«Signora, per favore, lo sa che qua non si può fumare. E poi le ho detto mille volte che dovrebbe attendermi fuori, nella sala d'aspetto, finché non arrivo in ufficio».

Le palpebre a mezz'asta perché ciascuna gravata da cento grammi d'ombretto si rivolsero freddamente verso la dottoressa per osservarla lentamente da capo a piedi. Il quadro era aggravato da una masticazione costante di un bolo gommoso in tinta coi capelli, il che accentuava la somiglianza con un grande bovino nordamericano abbigliato da Walt Disney.

«Mammasanta, signorì, e come vi combinate male. Tutto parete fuorché una femmina, grazie che nessuno vi salta addosso».

«Senta un po', signora Ammaturo, i fatti miei non mi pare siano in discussione e...».

La donna sorrise, felina, sollevando le labbra sulle quali c'erano almeno due mani di glitter violaceo brillantinato e scoprendo così due malconci incisivi sui quali erano incastonati due finti diamanti da un carato l'uno. L'effetto, in favore di luce, era spettacolare: sembrava di guardare in un antro oscuro popolato di mostri lucenti. Masticò a due ganasce pensosa e disse:

«Dottorè, qua non è questione di fatti vostri. È questione di invidia nei confronti di una femmina che, senza offesa, se non fosse per un po' di guardiania che mio marito ha disposto da dove sta, dovrebbe montare le mitragliatrici vicino alle finestre per evitare gli assalti».

Mina considerò l'interlocutrice, in tutto simile a una cassaforte decorata da un artista impressionista daltonico, e dovette ammettere che la differenza tra sé e Assunta detta Jessica era molto evidente.

Decise quindi di cambiare argomento:

«Signora, veniamo al punto. La solita questione, immagino».

Jessica gettò ostentatamente a terra il mozzicone, spegnendolo con la punta della sopraelevazione e sputando fumo in faccia all'assistente sociale, che rese di nuovo omaggio alla perfezione della GdM.

«Dottore', è una persecuzione. Una povera donna che chissà come porta avanti tutti questi figli, compresa l'ultima, quella povera Shakira che le è venuta un'infezione al quarto buco che le ho fatto fare nell'orecchio sinistro che stiamo passando i guai nostri, secondo voi si dovrebbe pure porre il problema che Kevin a quasi dodici anni deve andare ancora a scuola. Ma è mai possibile, secondo voi?».

Mina tossì:

«Signora Ammaturo, ne abbiamo già parlato molte volte e...».

«Ma allora un uomo quando è che deve cominciare a guadagnarsi da vivere? O vi credete che il sostegno per i figli e per me arriva dallo Spirito Santo? Kevin si deve occupare delle consegne che... Insomma, deve fare quello che deve fare. Gli hanno dato pure lo scooter nuovo, quello grande, e...».

La dottoressa spalancò gli occhi, togliendosi gli occhiali:

«Ma come, lo scooter? A undici anni? E per fare quali consegne?».

41

La Ammaturo si lasciò cadere sulla sedia con un lieve effetto tellurico sulle suppellettili della stanza.

«Prima di tutto sono quasi dodici, mo' è novembre e lui li fa a maggio. Poi lo sa portare, è sempre stato bravo. È alto, arriva coi piedi a terra con le punte. Noi dobbiamo tirare avanti, dottore'. Parliamoci chiaro, mettiamo che la finisce pure, la scuola, e lo escludo perché è una capra che se vede un libro gli viene l'eritema: che succede? Si iscrive alle liste del collocamento e va a fare tre mesi in un call center? Sapete quanto pigliano, in un call center? Lo so perché ci sta la figlia della parrucchiera mia che è ingegnere meccanico e ha trovato solo questo: quattrocento euro. Vi rendete conto? Io alla madre per un appuntamento due volte alla settimana do il doppio, e non ci deve nemmeno pagare le tasse perché la ricevo a casa mia. Kevin in due ore, facendo un giro col motorino, fa sei volte tanto. E nemmeno vi voglio chiedere quanto pigliate voi qua dentro, pure perché lo so già. Mo' me lo volete spiegare perché dovrebbe perdere tempo ad andare a scuola?».

Mina boccheggiò come un merluzzo sul ponte di un peschereccio:

«Ma perché così non fa la fine del padre e del fratello, ecco perché! Io non riesco a credere che proprio lei, che ha subìto queste perdite, possa...».

Jessica rise, un verso a metà tra quello di un gallo da combattimento e di un'asina durante il parto:

«Dottore', magari! Quelli stanno in grazia di Dio, sono tra amici e il ragazzo impara anche cose che gli serviranno nel mestiere. Certo mio marito mi manca, però ci sta una guardia amica che ci consente quel poco di intimità quando lo vado a trovare, quella Shakira così è nata, bella di mammà. Insomma, voi mi dovete risolvere questo problema di quelli della scuola che continuano a chiamare a casa. Non si può depennare Kevin dalla lista?».

«Ma come... Prima di tutto no, non si può ed è inutile che me lo venga a chiedere ogni lunedì, poi non è giusto. Lei, come madre, dovrebbe imporre un'inversione di tendenza a questo andazzo familiare, ma com'è possibile che i figli debbano ereditare questa condizione di delinquenza di generazione in generazione? Magari Kevin ha qualche talento, qualche tendenza che...».

La Ammaturo assunse un'aria nobilmente offesa, il che la rese straordinariamente simile a un leone marino prima dell'attacco al rivale.

«Oh, piano con le parole, dottore', quali delinquenti? Sono uomini d'affari, ingiustamente colpiti da questi magistrati ignoranti e miopi che non si adeguano alle nuove forme finanziarie che...».

Prima che potesse finire la porta si aprì e si affacciò un uomo in camice bianco. Mina, che era di spalle, se ne accorse dall'incredibile variazione dell'espressione di Jessica i cui occhi, almeno la metà sottostante le palpebre azzurre, divennero liquidi e la cui mandibola crollò lasciando intravedere, oltre a otturazioni e carie, l'enorme chewing gum blu ruminato da ore.

L'uomo disse, con voce calda come un cembalo:

«Oh, scusami, Mina, credevo non ci fosse nessuno. Mi scusi anche lei, signora».

Jessica richiuse la bocca con uno scatto quasi metallico. Poi parlò, e il tono costituì un cambiamento che a Mina ricordò la scena dell'*Esorcista* in cui il demonio prendeva definitivamente possesso della bambina.

«Figuratevi, caro dottore. È un privilegio incontrarvi, e sempre un piacere vedervi».

Una dizione perfetta, una voce carica di femminilità nonostante la tonalità bassa che faceva pensare a un ruggito trattenuto. La Settembre ebbe l'impressione che Jessica stesse per balzare sull'uomo per divorarlo, in senso proprio. Non sarebbe stata più sorprendente se si fosse espressa in aramaico.

Si voltò con un sospiro, e come sempre assunse un'espressione truce:

«Sì, Gammardella, come hai acutamente rilevato sono occupata. Quando mi libero te lo faccio sapere. Ora, se vuoi scusarmi...».

Il dottore sbatté le palpebre, come se fosse stato schiaffeggiato. I capelli biondo scuro, perfettamente spettinati, ebbero un sussulto quasi fossero dotati di vita propria. I lineamenti proporzionati e bellissimi si ridisposero in modalità contrita, e l'ampia spalla che sporgeva dallo spiraglio si abbassò sconfortata. La somiglianza del dottore con il giovane Redford di *A piedi nudi nel parco*, manco a dirlo uno dei film preferiti di Mina, in certi momenti era quasi insopportabile.

«Chiamami Mimmo, ti prego. E scusami, la fretta, sai... Mi dispiace. Allora vado di là e ti aspetto, c'è un sacco di gente ma penso che questa cosa sia non dico urgente, ma degna di attenzione e... Vabbè, ti sto facendo perdere tempo, scusami ancora».

Mina aveva di nuovo voltato le spalle. Brontolò sorda: «Infatti. Vai, vai, Gammardella. Ti chiamo io».

«Chiamami Mimmo. Certo. Ciao. Permesso. Scusate. Certo. Vado. Grazie».

Richiuse la porta piano, gettando Mina in un incoerente tragico sconforto come ogni volta in cui aveva la consapevolezza di aver maltrattato l'unico uomo per il quale provava attrazione, come una dannata quindicenne imbranata.

La Ammaturo la fissava come una suora che ha appena scoperto un'educanda che fuma uno spinello dietro l'altare maggiore.

«Ma perché lo trattate così, dottore'? Che vi ha fatto? È un angelo del paradiso, per quanto è bello, non capisco che ci fa qua dentro invece di fare l'attore porno, ci stanno amiche mie che si fanno un'ora di fila solo per avere le sue mani da quelle parti e voi manco lo guardate in faccia? Volete morire vergine?».

Mina ruggì:

«Io non sono vergine!».

Jessica sembrò sinceramente sorpresa:

«Uh, che peccato. Vi hanno violentata, eh? Perché se no non vedo proprio come può essere successo».

E, scuotendo il testone, sputò la gomma a terra e se ne andò.

VI

La luce del giorno filtrava fredda dalla lastra immacolata. Giocava sulle superfici di legno e cristallo, traendo stanchi riflessi. L'uomo in piedi si aggiustò gli occhiali sul naso con un gesto rapido, e pensò che novembre è un orribile mese, troppo lontano dalle due sponde, l'estate da un lato e il vero inverno dall'altro.

Spostò lo sguardo sugli uomini in tuta bianca che si muovevano attorno, silenziosi. Classificavano, asportavano campioni, spargevano polveri. Tutti al lavoro, tranne uno.

Quello che non era al lavoro se ne stava prono sul ripiano della scrivania, una penna rossa tra le dita, come colto da un improvviso colpo di sonno. Diritto societario, pensò l'uomo con gli occhiali. Da addormentarsi subito, effettivamente. Solo che il tizio non dormiva, come risultava chiaro dal buco al centro della nuca.

Si avvicinò un uomo in divisa:

«Dottore, la donna è di là che l'aspetta».

«Sì. Mi ragguagli prima, Gargiulo».

Il carabiniere annuì:

«Sì, certo. De Pasca Massimo, avvocato specializzato in diritto societario. Uno degli studi più importanti della città, un sacco di grossi clienti, una specie di volpe, molto noto nell'ambiente e...».

L'uomo con gli occhiali rispose secco, senza distogliere lo sguardo dalla nuca bucata.

«Lo so chi è, Gargiu'. Vivo e lavoro in questa città, e faccio il magistrato. Mi dica quello che non so già».

L'ufficiale sbatté le palpebre.

«Certo, dottore. Quarantaquattro anni da compiere a gennaio, divorziato, senza figli. Qualche relazione, ci dicono qua attorno, ma niente di serio. Lavoro, lavoro, lavoro. Molti nemici sicuramente, ma non da fare questo».

Indicò il cadavere senza soffermarsi su di lui. L'uomo con gli occhiali lasciò vagare lo sguardo, pigramente, poi disse quasi tra sé:

«Dodicesimo piano. Parete liscia, altri dieci piani sopra, finestra ben chiusa. Nessuna possibilità di entrare senza essere visti da chi si trovava in quella posizione. Quindi o si è nascosto e ha aspettato il momento, o ha tranquillamente potuto girargli intorno per sparargli dietro la testa».

Il carabiniere mormorò:

«Potrebbe anche darsi che lo abbia minacciato, costringendolo a mettersi in quella posizione».

Il magistrato annuì, pensoso:

«Certo, tutto può essere. Una specie di esecuzione, comunque».

Si mosse piano, aggirandosi per la stanza con le mani in tasca, come annoiato.

«Libri tecnici. Soprammobili anonimi, qualche targa e qualche diploma di partecipazione a congressi. Niente foto, niente quadri. Gli piacevano i fiori, però».

Su una mensola c'era un vaso con un mazzo di rose a gambo lungo. Mentre gli uomini in bianco continuavano la propria danza e uno di loro fotografava il morto da ogni angolazione, l'uomo con gli occhiali contò i fiori nel vaso. Dodici. Pigramente notò che sembravano di fioritura diversa, da una rosa quasi appassita a una fresca.

«Gargiulo, mi porti dalla donna che l'ha trovato».

Era una ragazza di bassa statura, coi capelli un po' unti e due grandi lenti che schermavano occhi arrossati. Le tremavano le labbra e le mani, che stringevano un fazzoletto. Stava in piedi in un angolo dell'anticamera, come se stesse provando a scomparire attraverso il muro.

«Allora, buongiorno. Sono De Carolis, il magistrato incaricato. Lei è?».

La donna sussultò come fosse stata colta in fallo:

«Io? Io sono Giulia Bassi, sono una… un avvocato, una collaboratrice di… sono da poco in questo studio, e… cerco di imparare, sto preparando la specializzazione che devo…».

«Signorina, tiri un respiro profondo. Non si preoccupi, stia tranquilla e raccolga le idee. Mi dica che cosa è successo dall'ultima volta che ha visto l'avvocato De Pasca. Vivo, intendo».

La ragazza rivolse lentamente gli occhi al magistrato, come se lo vedesse per la prima volta:

«Sì. Vivo, certo. Perché adesso… adesso non lo è, no? Non lo è. Dio mio».

«Signorina, per favore. Cerchi di capire, le prime ore sono le più importanti».

La ragazza tirò un profondo respiro.

«Sì. Sì, certo. Io avevo scritto un atto, una bozza per un'incorporazione, una serie di clausole di cautela che... insomma, ieri gliel'ho consegnata prima di andare via».

«Che ora era?».

La donna si concentrò:

«Le nove, credo. Forse qualche minuto dopo. Il mio ragazzo mi è venuto a prendere, non gli va che vada in giro da sola quando i negozi chiudono, il Centro Direzionale è un brutto posto di sera. Era già arrivato ma non ha fatto storie per il ritardo, quindi dovevano essere le nove e cinque, le nove e dieci al massimo».

De Carolis annuì:

«E De Pasca era solo?».

«Certo, era solo. Non c'era nessuno, erano andati via tutti».

«Che le ha detto?».

«Niente. Mi ha detto: metta qui, grazie. Vada pure, buona serata».

Il magistrato rifletté:

«Non aveva appuntamenti successivi, che lei sappia? Doveva raggiungerlo qualcuno?».

La giovane scosse la testa con decisione:

«No, no. Nessuno, assolutamente. Avevo guardato l'agenda, e non c'erano appuntamenti. Stamattina, più tardi, l'avvocato ha... avrebbe avuto udienza. Ma non era previsto niente, ieri sera».

«E di solito capitava che venisse qualcuno a prender-lo in ufficio, quando finiva di lavorare? Che so, qual-che amico, o amica...».

Giulia socchiuse gli occhi, concentrandosi; poi scos-se il capo.

«No, dottore. Non capitava mai, a mia memoria. L'avvocato è... era molto riservato, e che io ricordi non l'ho mai visto qui in studio ricevere altri che non fos-sero clienti».

De Carolis si fissò a lungo la punta delle scarpe. Poi disse:

«Le rose. Quelle rose che ha nello studio. Ricorda chi le ha portate?».

La ragazza sbatté ancora le palpebre:

«Le rose? Quali... Ah, quelle nel vaso. Veramente non saprei, dottore. Forse le ha portate lui stesso. Sa, quan-do io arrivo la mattina è quasi sempre già qui. E quando me ne vado, lui è ancora qui. Non saprei proprio».

De Carolis tacque, annuendo. Poi si rivolse al cara-biniere:

«Gargiulo, appena abbiamo i rapporti della scientifi-ca me li faccia avere immediatamente. E faccia pure ana-lizzare quelle rose: non c'entrano nulla col resto dell'ar-redamento, voglio sapere che significano. Io sono in uf-ficio, se avete bisogno di indicazioni. Buona giornata».

E si avviò verso l'uscita, pensando che novembre è veramente un orribile mese.

VII

Per arrivare all'ufficio dove Domenico «chiamami Mimmo» Gammardella esercitava la professione nel consultorio, Mina dovette farsi strada attraverso un corridoio gremito di aspiranti clienti.

La cosa, che la donna trovava estremamente fastidiosa, era cominciata quasi subito, quando l'uomo era arrivato in sostituzione del vecchio Rattazzi finalmente costretto alla pensione. Mina ricordava quando se l'era trovato davanti, improvviso come un raggio di sole e identicamente abbagliante, una borsa in mano e un camice nell'altra, impacciato, spettinato e affascinante come un cucciolo randagio. Le aveva riportato immediatamente alla mente il Redford di *Butch Cassidy*, uno dei suoi film preferiti.

In poche imbarazzate parole le aveva detto che veniva da Campobasso, che era specializzato con pieni voti, che aveva poche esperienze lavorative ma molta voglia di esercitare la professione, che avrebbe fatto del proprio meglio eccetera. Le era sembrato immediatamente irresistibile, soprattutto per una ragione: le guardava la faccia, anziché il torace.

La notizia dell'arrivo del nuovo dottore si era propagata come un disastro ecologico nelle acque del mare, e ben presto tutta la componente femminile del quartiere e gran parte di quella maschile di orientamento omosessuale (alla quale si cercava di far capire l'incongruenza anatomica, ma che comunque faceva accorato appello alla parità dei diritti) si erano precipitate a vedere «il ginecologo bello». La situazione aveva gettato nello sconforto il neopensionato Rattazzi, che avrebbe sperato di essere rimpianto per almeno una mezz'ora.

Su Mina invece Domenico aveva avuto uno stranissimo effetto. La cordialità e la gentilezza, tratti stabili del suo comportamento col prossimo, si erano velocemente dileguati lasciando il posto a un atteggiamento sgarbato e pungente, al limite della scortesia. Non avrebbe saputo spiegare perché: forse semplicemente per contrasto rispetto a tutta la benevolenza che il quartiere rovesciava addosso al nuovo arrivato senza nemmeno approfondirne la vera natura, forse per fargli capire che doveva tenere alta la guardia sotto il profilo professionale. Più probabilmente per controllare e arginare la debolezza che riconosceva in se stessa nell'attrazione nei confronti di lui.

Di fatto, Mina trattava il dottor Gammardella in maniera veramente schifosa. E la cosa sembrava dispiacergli sinceramente, a giudicare dalla faccia (bellissima) da cane bastonato che faceva, in tutto e per tutto uguale al Redford de *I tre giorni del Condor*, uno dei suoi film preferiti. L'assistente sociale avrebbe tanto voluto ridiventare se stessa quando entrava in contatto con lui, ma proprio non ci riusciva. Soprattutto da quando aveva sentito una collega di Campobasso, la città del ginecologo, e aveva appreso che Domenico Gammardella «chiamami Mimmo» era fidanzato con una dottoressa stupenda che lavorava all'estero. Fidanzato, e fedelissimo.

Intanto una donna bionda e robusta e un trans basso e grasso si stavano accapigliando vicino alla porta per la precedenza, in un alternarsi di toni e in uno strettissimo e incomprensibile dialetto. Di lato, in attesa fuori dalla fila, una donna dimessa dai tratti latinoamericani stava appoggiata al muro con il capo chino. Mina si fece spazio e bussò.

La voce di Domenico disse, immediatamente:

«Avanti!».

Con gli sguardi di fuoco della donna e del trans addosso, entrò nella stanza.

Domenico vedendola si illuminò istantaneamente, ricordandole il Redford de *Il candidato*, uno dei suoi film preferiti. La cosa, al solito e inspiegabilmente, la fece incazzare.

«Dimmi, Gammardella, lo sai che non ho tempo da perdere. Che succede?».

Il dottore boccheggiò come sempre quando la vedeva, poi disse:

«Scusa tu, Mina, io non ti volevo disturbare ma poi, sai... Uno teme sempre di sbagliare, sia a segnalare che a tacere. Nel dubbio... Molte volte capisco che le persone, sai, più che altro hanno bisogno di parlare. Sapessi quante delle donne che vengono qui non hanno niente, ma proprio niente che non va, anzi sono in perfetta salute e...».

«Sì, ne sono sicura» tagliò corto Mina. «E comunque ti sarai reso conto che qua fuori c'è un sacco di gente che aspetta di essere visitata, e tu dovresti essere il primo ad avere fretta, quindi...».

Domenico annuì, deciso:

«Certo, certo. E lo sai che a tutte le persone cerco di dare la stessa attenzione. Però certe volte mi chiedono qualcosa che... che eccede le mie competenze professionali, e allora...».

Mina non riuscì a trattenere un sorriso ironico:

«Sì, qualcosa della tua popolarità è arrivata alle mie orecchie. Devi avere il tocco magico».

Ma Domenico dell'ironia non conosceva nemmeno vagamente la dislocazione:

«Tu credi? Io penso piuttosto che apprezzino, le signore, la sensibilità, la compenetrazione. A volte, non mi crederai, qualcuna viene senza avere alcun sintomo, solo per parlare. E per me è una grande soddisfazione, certo non posso dedicare loro il tempo che vorrei né trovo professionale, come a volte mi chiedono, incontrare le pazienti fuori di qui e...».

La donna sbuffò:

«Senti, Gammardella, io non voglio starmene qua a sentire le tue confidenze sentimentali, cosa credi, ho da fare anch'io e...».

«Non potresti chiamarmi Mimmo, per favore? Mi sentirei meno lontano da casa, ti confesso che a volte la solitudine pesa un po'».

Mina lo avrebbe baciato, e invece disse:

«Ognuno ha i suoi problemi. Allora, hai qualcosa da dirmi o no?».

Il ginecologo sospirò sconfitto; poi fece un cenno verso la parete, alle spalle di Mina. La donna si voltò, e vide addossata al muro una ragazzina bruna di poco più di dieci anni, con gli occhi determinati e un paio di mutandine in mano.

Dopo un attimo di smarrimento sentì il sangue affluirle alla testa e si rivolse al medico:

«Senti, io non so se ti rendi conto che per una faccenda del genere non solo verresti cacciato da qui, ma probabilmente radiato dall'albo. Non voglio sapere niente di niente, ma una bambina che...».

Il dottore si alzò di scatto, la bocca spalancata:

«Ma che hai capito? Guarda che non l'ho nemmeno visitata, l'ha accompagnata la madre che è qui fuori, e lei non ha voluto che fosse presente. Aveva riferito di un prurito, io pensavo di darle un disinfettante, qualcosa di semplice. Poi appena la madre è uscita, mi ha detto...».

Si rivolse alla bambina, con un gesto di invito a parlare. E quella disse, d'un fiato:

«Mi chiamo Flor, ho undici anni, e sono qui perché penso che mio padre ammazzerà mia madre».

VIII

Quindi, ecco qui anche te.

Be', non è che sei messa benissimo.

Eppure eri così bella, la più bella del gruppo. Mi ricordo che mi preoccupavo addirittura, per le conseguenze che poteva avere su di lei la tua bellezza. Così esile, i magnifici capelli lunghi, quel collo sottile, le mani raffinate. Mi ricordo che le muovevi così bene, le mani. Davvero una principessa.

Però la vita dispone diversamente, no? Una come te poteva aspirare a ben altro, ad avere che so, tre o quattro tra serve e giardinieri, magari un maggiordomo. Potevi scegliere un'altra persona, pensare bene a chi darla, facendola annusare un po' in giro. Mi ricordo che dicevano che eri una difficile.

Certo quelli erano altri tempi, ma lo stesso si potevano trovare ragazze portate ai rapporti umani, diciamo così. Tu invece niente. C'era da aspettarsi di ritrovarti, dopo tanti anni, sposata a un nobiluomo, o almeno a un industriale di quelli pieni di soldi. Intendiamoci, io un modo l'avrei trovato comunque: ma così è stato assolutamente più facile.

E dunque lasciati guardare. Le rughe, ai lati della bocca, sulla fronte. Le rughe dicono molto delle persone, sai. Io ho imparato a leggerle, e le trovo assai istruttive. Le tue per esempio raccontano moltissimo delle espressioni più ricorrenti, quindi durezza, quindi tristezza, quindi malinconia. E se devo dire la mia, pure il rossore degli occhi racconta qualcosa. Vino, birra? Ah, no, ecco qui: una bottiglia con un dito sul fondo, nel mobile dei piatti. Superalcolici. Questo spiega molto.

Com'è andata? Se avessi tempo me lo farei raccontare. Ma non ho tempo, quindi proviamo a unire i puntini numerati come in quei giochini enigmistici.

Tuo marito fa il tassista. Chissà dove l'hai preso, anzi dove ti ha presa lui. Magari era uno che aveva dei sogni, una professione, soldi, e poi ha fatto un frontale con la vita e siccome si deve lavorare meglio investire in un lavoro duro ma sicuro.

Certo alla luce dei fatti è un gran bene, ti pare? Altrimenti sarebbe stato difficile trovare il modo e il tempo, e anche questa occasione. Però un tassista, andiamo! Eri una principessa, e finisci con un tassista? Lo capisco che ti attacchi alla bottiglia.

Poi pure 'sto fatto dei figli, secondo me è sopravvalutato. Dice che una bella famiglia dà la felicità, ma quando mai? Potrei tenere un seminario, io, su questo argomento. Tuo figlio per esempio è grande, segno che sei rimasta incinta quasi subito, facendoci due conti. Il tassista ha trovato la strada, e senza navigatore. E da lì tutte le conseguenze, non è così? Tanta fatica, un po' alla volta finiscono i sogni, le speranze, l'immaginazione si rassegna e smette di lavorare.

Un bel giorno, si fa per dire, ti guardi allo specchio e capisci che è finita là. Che la faccenda è chiusa, anche se mancano ancora troppi anni. Ma è chiusa lo stesso.

Chissà che hai pensato, con le rose. Se ti hanno regalato un brivido, un minimo di speranza. Avrai immaginato che qualcuno aveva visto sotto la polvere che nel frattempo si era posata, strato dopo strato, su di te, la principessa di un tempo.

Ogni rosa ti avrà portato un sorriso. Ogni rosa ti avrà condotta davanti allo specchio, ti avrà fatto sistemare i capelli. Ogni rosa ti avrà cambiato i sogni etilici, quel dormiveglia ottuso sul divano nei pomeriggi in cui quel povero disgraziato di tuo marito avviava il tassametro o fumando aspettava al parcheggio che arrivasse un cliente.

Avrai sognato che qualcuno, e magari avrai immaginato anche chi, il bell'ingegnere del piano di sopra, il piacente cliente del tuo stesso bar che una volta ti ha sorriso, aspettava in silenzio, ammirandoti da lontano come ti succedeva all'epoca, il momento giusto per dichiararsi. Che magari sarebbe arrivato all'improvviso un giorno, portando in mano l'ultima rosa, la tredicesima, e guardandoti negli occhi intensamente ti avrebbe detto che tu, proprio tu, la rugosa casalinga quarantenne dalle mani screpolate eri la donna più bella e desiderabile che avesse mai visto.

E che così, con questa ridicola veste sbiadita da due euro del mercatino, senza prendere niente delle tue misere cose perché tanto ti avrebbe accompagnata nei migliori negozi, potevate scappare insieme. Che avresti

fatto? Ti saresti posta il problema del povero tassista
che si fa un mazzo così per portarti al mare una settimana in estate? O di tuo figlio ventenne, che torna a
casa per mangiare e dormire e forse trova nel fumo quello che tu cerchi nella bottiglia?

No, te lo dico io. Avresti preso la tredicesima rosa,
l'avresti annusata con grazia come facevi in quel tempo che pare non esserci mai stato, e invece c'è stato eccome, e saresti volata via. Nessuno scrupolo, di fronte alla seconda occasione.

Purtroppo per te, però, le rose sono solo dodici. La
tredicesima rosa, quella della grande occasione, quella
dell'ultimo sogno, non esiste.

Esiste il passato, invece.

Di quello non ci si può scordare.

IX

Mina richiuse la bocca di scatto e disse, con assoluta incoerenza:

«E si può sapere perché tieni le mutandine in mano?».

Flor la fissò senza cambiare espressione:

«Perché lui è un dottore della patata. Non è così?».

La donna si voltò verso Domenico, cercando di considerarlo professionalmente con un nuovo, agricolo sguardo. L'uomo si strinse nelle spalle, senza offrirle validi aiuti.

«Be', rimettitele subito. E voltati verso il muro, mentre te le rimetti!».

Domenico lamentò a bassa voce:

«Mina, io sono un medico! Non c'è nessun bisogno di...».

L'assistente sociale gli rivolse uno sguardo velenoso:

«Quindi vedi le persone malate, e lei invece è sana, no? Non ha patologie, no?».

Lui allargò le braccia.

«Non lo so, cercavo di spiegarti che appena la madre è uscita, perché non voleva farsi visitare davanti a lei, mi ha detto questa cosa e io sono venuto a chiamarti. Come faccio a dire che è sana, se non ho nemmeno potuto...».

La ragazzina disse, faccia al muro:

«Io sto bene. Ho detto a mamma che avevo prurito, e lei mi ha portato qua per non dirlo a papà che se no la picchiava. Lo fa sempre, ogni volta che succede qualcosa. Qualunque cosa».

Mina sospirò. Sentiva quella solfa ogni giorno.

«Ascolta, ragazzina, se è vera questa cosa devi dirlo a tua madre e convincerla a denunciare tuo padre. Noi qui possiamo fare poco, a meno che...».

La piccola si girò lisciandosi la gonna e fissò lo sguardo in quello di Mina che tacque immediatamente. Quelli non erano occhi da bambina.

«Senti, signora. Io lo so come fanno gli altri papà, vivo in questo quartiere e ci sono nata. Se sono qua è perché so che la prossima volta mio padre ammazza mia madre. La domanda è: potete aiutarmi? Se non potete, allora nessuno può fare niente perché quando succederà sarà troppo tardi. Questo è tutto».

Mina sbatté le palpebre:

«Ma se la facciamo entrare? Così ci parliamo, e magari riesco io a convincerla. Che ne pensi?».

La bambina scosse il capo, decisa.

«No. Ha troppa paura. Lei pensa che potrei avere problemi io. Le prende in silenzio, la faccia nel cuscino per non farci sentire. Io però guardo dallo spiraglio della porta, e vedo tutto. La colpisce con la cinghia, sulla schiena e sulla pancia. Quest'estate, quando siamo andati al mare, lei non si toglieva i vestiti.

Diceva che era perché non si sentiva bene, ma io lo so il perché».

Domenico si soffiò rumorosamente il naso, facendo sobbalzare Mina che gli rivolse uno sguardo in tralice. L'uomo si strinse nelle spalle, come a manifestare la propria incapacità di resistere alla commozione.

Mina annuì, pensosa. Poi disse:

«Senti, Flor, ascoltami bene. Adesso la facciamo entrare, il dottore qui dice che hai una piccola infiammazione, una sciocchezza, ma che ti deve incontrare di nuovo. Così vediamo se ci dice qualcosa in più».

Andò alla porta, dove la fila delle donne in attesa scalpitava letteralmente. A muso duro disse:

«Oggi il dottore non visita più nessuno, quindi potete andare. Chi è la mamma di Flor?».

La donna bruna, dai tratti sudamericani, addossata alla parete fece un passo avanti con la preoccupazione sul volto. Con rumorose rimostranze tutte si avviarono verso l'uscita. Il transessuale disse:

«Oh, ma domani mattina si rispetta la fila di adesso, eh? Io non voglio trovarmi in fondo!».

Una aspirante paziente bassa e grassa lo apostrofò con voce baritonale:

«Sì, però entro domani mattina procurati qualcosa da farti visitare, se no il dottore si ritrova con un grosso problema tra le mani».

Mina fece passare la madre di Flor e chiuse la porta sulla scurrile risposta del destinatario della battuta.

«Dunque, signora, lei è la mamma di Flor. Complimenti, una ragazzina veramente deliziosa».

La donna faceva passare gli occhi da Mina a Domenico a Flor senza sosta, tenendo la borsa di tela stretta in maniera convulsa con entrambe le mani. Dava l'idea di un animale braccato.

Alla fine chiese a Mina con un piacevole accento spagnolo:

«Voi chi siete, signora? Mia figlia deve essere visitata dal dottore, voi invece chi siete?».

Mina le sorrise, rassicurante:

«Tranquilla, signora, è la procedura. Quando il dottore visita una signorina così giovane vengo interessata anch'io, che sono un'assistente sociale. Così, per tranquillità di tutti».

Domenico cominciò a dire:

«Veramente le procedure non dicono che...».

Mina lo fulminò con lo sguardo, poi tornò a rivolgersi alla donna con tono dolce indicando il divanetto che era stato un trofeo di caccia di Rattazzi ereditato da Domenico:

«Prego, si accomodi pure, segga. Non abbiamo fretta, come ha visto il dottore non ha più visite. Possiamo parlare tranquillamente».

Il ginecologo balbettò:

«Ma... ma come, non ho più visite? Se c'era il corridoio pieno! Questo significa che domani saranno il doppio, e...».

L'assistente sociale ruggì, fingendo un soave sorriso:

«E vuol dire che domani farai il doppio delle visite, Gammardella. Perché, hai da fare?».

L'uomo chiuse la bocca con uno scatto. Mina si rivolse di nuovo alla madre di Flor, prendendo una penna e un foglio di carta:

«Che mi dice, signora? Come si chiama, da quanto tempo è in Italia... sa, sono cose che servono alla registrazione».

La donna si era seduta in bilico sull'estremità del cuscino consunto, come pronta a scappare se fosse stato necessario. La figlia si accomodò sul bracciolo, vicino a lei. Mina pensò che era sorprendente la metamorfosi della ragazzina, che all'ingresso della madre si era tolta dagli occhi una ventina d'anni ritornando una bambina innocente e svagata, che si guarda attorno con indolente curiosità. Tutt'altro che l'adulta sofferente e determinata che aveva raccontato ciò di cui era stata testimone.

La donna si passò la lingua sulle labbra e disse:

«Io mi chiamo Ofelia, Ramirez Ofelia. Mia figlia si chiama Flor, Flor Caputo, mio marito è di qui, si chiama Alfonso. Abitiamo coi miei suoceri, in vico Albanesi 50, al secondo piano. Volete vedere i miei documenti?».

Mina scosse il capo, segnando i dati:

«No, signora, grazie, non c'è bisogno».

Ofelia sembrò sorpresa:

«Davvero? Qui alle persone come me chiedono i documenti dovunque. Li tengo sempre a portata di mano».

«No, signora, ci basta quello che ci dice. Vede, noi siamo qui per aiutare chi ha bisogno di una mano. Solo per questo, non siamo un ufficio dell'anagrafe o delle tasse».

La donna sembrò ancora più preoccupata.

«Mia figlia... Flor sta male? C'è qualche problema serio? Io non... Siamo venute così, solo per dare un'occhiata, lei dice che ha prurito e...».

Domenico si alzò producendo un improvviso affascinante sorriso che abbagliò Ofelia, riportando alla mente di Mina il Redford de *Il Grande Gatsby*, uno dei suoi film preferiti, e facendola così inevitabilmente infuriare.

«No, signora, niente di grave. Una piccola infezione dell'uretra, che cureremo con qualche integratore naturale, ononide, mirtillo nero, cose del genere. Anzi, ecco una scatola omaggio che potrà...».

Mina gli rivolse un sorriso soave dentro il quale vibrava rovente una minaccia:

«Ma comunque il dottore dovrà rivederla, non è così, dottore? Perché un'infezione come questa è sì una sciocchezza, ma se non viene seguita bene...».

Il medico spalancò gli occhi e annuì con forza, più volte:

«Ah, ma certo, certamente, è proprio così, lo davo per scontato, chiedo scusa, le infezioni vanno seguite, per carità, anzi possono essere molto pericolose, possono degenerare e...».

Mina sentiva la propria resistenza assottigliarsi visibilmente, a fronte della proporzionale crescita del desiderio di percuotere il bel cranio di Gammardella con la targa di riconoscimento di qualità che Rattazzi aveva lasciato sulla mensola.

«Insomma, signora, Flor dovrà tornare a trovarci e

speriamo che lei l'accompagni. Il papà della bambina? Che lavoro fa?».

Ofelia incassò impercettibilmente il capo nelle spalle, come se avesse sentito un tuono.

«Mio marito... mio marito viaggia molto, è partito proprio stamattina, fa il rappresentante di commercio. Lui... Se possibile vorrei seguire io da sola la questione, se non avete niente in contrario. Si preoccupa, è molto, come si dice...».

Flor, fissando con apparente concentrazione una vecchia rivista appoggiata sul tavolino, mormorò:

«Apprensivo, mamma. Papà è apprensivo».

«Apprensivo, sì. Proprio così».

Mina fece caso che Ofelia aveva pronunciato le parole guardando nel vuoto e indurendo l'espressione. Sospirò. I segnali c'erano tutti.

Sorrise, cordiale:

«Di dov'è lei, signora? Da quanto tempo è in Italia?».

Ofelia sorrise, all'improvviso. Un bel sorriso luminoso, che le toglieva una decina d'anni di dosso. Quella donna e la figlia, pensò Mina, spaziavano dai dieci ai cent'anni con un semplice cambio d'espressione.

«Io sono peruviana, di un paese non lontano da Lima. Lì ci sono mia madre e mio padre, i nonni di Flor. È parecchio che... Non ci torno spesso, purtroppo. Il viaggio è molto lungo, e mio marito non vuole che io mi stanchi».

Flor, da dietro la spalla della madre, lanciò un'occhiata a Mina. Quell'occhiata suggeriva di non tirare troppo la corda.

Domenico, interpretando giusto il contrario, disse:

«Ah, ma questa è un'imposizione errata, signora. È scientificamente provato che l'adrenalina positiva derivante dall'incontro con dei familiari che non si vedono da tempo sopperisce pienamente alla stanchezza del viaggio! Posso dirle che, personalmente, quando rientro a casa mia a Campobasso mi sento sempre molto meglio, anche dopo due ore di macchina. Suo marito si sbaglia, e se dovesse accompagnarvi la prossima volta sarò lieto di spiegarglielo».

Si voltò soddisfatto a guardare Mina, che lo fulminò. La mano della donna si spostò verso la targa sulla mensola, come dotata di un proprio personale malanimo.

Ofelia si alzò di scatto. Sul volto si era dipinta un'immagine di genuino terrore.

«No, no. Mio marito non ci accompagnerà, anzi sarà meglio non dirgli niente, vero, Flor? Si preoccupa, ve l'ho detto. È... apprensivo, sì. Molto apprensivo».

Mina cercò affannosamente di recuperare, alzandosi a sua volta:

«Ma certo, Ofelia, stia tranquilla. Suo marito non saprà nulla, ci mancherebbe, e d'altronde noi siamo tenuti al rispetto della riservatezza di chi ci viene a trovare. Accompagni pure lei Flor, quando dovrà tornare a farsi vedere dal dottore. E, a proposito, se dovesse aver bisogno anche lei...».

La peruviana aveva le labbra strette, come se volesse essere sicura di non dire nulla di sbagliato:

«No, no, signora. Io non ho bisogno di niente. Io sto molto bene. E Flor... adesso le darò le medicine che mi ha dato il dottore, e magari starà bene e non dovremo tornare. Sapete, io ci tengo a...».

Flor mormorò:

«Papà è molto apprensivo, sapete. Meglio che non sappia niente. Vero, mamma?».

Ofelia si voltò a guardarla, come se avesse parlato in un'altra lingua. Con gli occhi pieni di lacrime disse:

«Vero. Molto meglio, Flor».

E, presa per mano la bambina, uscì.

X

Mina accompagnò Ofelia e Flor alla porta del consultorio, per stemperare la tensione che aveva percepito dal brusco alzarsi della donna dopo le incaute parole di Domenico, che avrebbe volentieri strozzato. Quell'uomo, pur uguale in tutto e per tutto al Redford de *La stangata*, uno dei suoi film preferiti, aveva il potere di farle saltare i nervi.

Le due non si scambiarono una parola, tetragone al suadente rassicurante tono di Mina che si accorse che la ragazzina teneva stretta la mano sul braccio della donna, come a guidarla verso l'uscita tranquillizzandola. Tra le due si era creato un microcosmo, una difendeva l'altra: e non era l'adulta a svolgere il ruolo primario.

Rientrando l'assistente sociale si accorse che furtivamente si era introdotta alle sue spalle una donna di una certa età, improbabilmente truccata come la maschera funebre di Tutankhamon e in bilico su due tacchi vertiginosi ai quali non era evidentemente abituata. Resse fiera lo sguardo interrogativo di Mina e le chiese, con una voce graffiata che avrebbe fatto invidia a qualsiasi cantante di blues degli anni Trenta:

«Scusate, signo', ci sta per caso il dottore, quello bellissimo? No, perché tengo un fastidio che secondo me lo può risolvere solo lui. Urgente».

Mina sospirò stancamente. L'istinto era di cacciarla a calci nel sedere, ma era così irritata per l'elefantiaca sensibilità del ginecologo che, rifletté, era meglio per tutti e due differire il match.

Per cui indicò con un gesto vago la direzione della stanza di lui e si avviò verso l'ufficio, accompagnata dal ticchettio dei tacchi della vecchia. Pensò con orrore alle avance di quel mostro, e ciò le regalò un perfido sorriso. Ben gli stava.

Nella stanza di Mina avveniva un piccolo miracolo telefonico, scoperto in ritardo dall'équipe che altrimenti avrebbe disputato le assegnazioni degli uffici con rinnovate priorità di scelta: sul davanzale della finestra che dava peraltro su un orribile cortile interno, nell'angolo destro per l'esattezza, sussisteva uno spazio di otto centimetri per lato in cui c'era campo.

La cosa era notevolissima, rientrando non solo il consultorio ma l'intero palazzo in un irrimediabile buco nero che non faceva differenze tra gli operatori che fornivano il (dis)servizio, il niente di niente, neppure una tacca nemmeno a pagarla oro. Era diventata ormai proverbiale la danza a telefono alzato di chi cercava di rimediare alle lunghe attese, soprattutto davanti alla stanza del ginecologo, collegandosi a qualche social. Le persone vagavano come fantasmi per i corridoi, alzando e abbassando lo strumento per intercettare una qualche onda perduta.

Peraltro il wi-fi non rientrava nelle ridottissime possibilità del centro, per cui se qualcuno aveva bisogno di una veloce informazione doveva rivolgersi al piccolo ma concessivo bar di fronte. Due piani e mezzo a scendere, due piani e mezzo a salire. La cosa scoraggiava non poco i professionisti, che diventavano molto più inclini alla consultazione dei volumi.

Il reperimento del punto illuminato dalla ricezione era stato casuale, un giorno in cui a Mina si era rovesciata la capiente borsa sformata in cui riposavano migliaia di oggetti smarriti e che mai più sarebbero stati ritrovati. Durante l'operazione di raccolta, che ebbe peraltro il benefico effetto di una epurazione di antiche merendine, penne che non scrivevano più, caramelle del neolitico e fazzolettini imbrattati da equivoche macchie, la donna appoggiò il telefonino, primo oggetto emerso, sul davanzale. E quello, magicamente, squillò.

L'evento fu così sorprendente che accorsero in molti dalle varie stanze, richiamati come topi dal piffero di Hamelin. Ondate tangibili di invidia si ammassarono su Mina, che era la meno interessata all'uso del cellulare; sul momento pensò addirittura di offrire la stanza a chi ne avesse maggiore necessità. Poi però rifletté che chiunque avesse avuto quel beneficio avrebbe finito per passare il proprio tempo a chattare con l'universo mondo, per cui preferì tenere la postazione. Lei almeno avrebbe continuato a lavorare.

Tutto ciò per dire che quando rientrò in ufficio la prima cosa che vide fu il display illuminato nel buio della sera, resa precoce dalla vicinanza del muro di fronte che non consentiva il passaggio di alcuna luce, mentre il cellulare si spostava vibrando come un insetto elettronico e picchiando la testa contro lo stipite della finestra.

Rispose, e immediatamente se ne rammaricò.

Concetta, la madre, aveva un'idea confusa del funzionamento del telefono. Pensava che, trovandosi l'interlocutore a una considerevole distanza, si dovesse parlare a voce alta. Altissima, anzi. Diciamo che riteneva di discorrere con lo stesso tono che sarebbe stato sufficiente a parlare dalle finestre, e siccome i Quartieri Spagnoli distavano da Posillipo diversi chilometri la potenza vocale erogata era quella di otto soprani che interpretavano in modo accorato le Valchirie di Richard Wagner.

E c'era un altro problema. Concetta non si fidava di quella trasmissione via etere, che arrivava a un satellite e poi scendeva di nuovo verso il telefono ricevente. Troppo spazio, sosteneva. Di sicuro qualcuno è in ascolto. Quindi meglio tenersi sul vago, parlare per sottintesi, fare allusioni.

Le due fissazioni rendevano le conversazioni piuttosto surreali e molto snervanti.

«Mina, sei tu? Pronto, sei tu?» ululò assordante.

Mina sospirò, allontanando l'oggetto quanto il braccio le consentiva.

«Certo, mamma, è il mio telefono questo, chi dovrebbe essere? Che succede?».

«Senti, questa donna di malaffare, questa volgare meretrice, questa prostituta di basso bordo che mi hai imposta in casa ne ha fatta un'altra delle sue».

Mina si passò una mano sulla faccia. Sonia, la badante-governante-cameriera-cuoca-sguattera che avevano assunto, era una via di mezzo tra un'utilitaria e un lottatore di sumo, con denti d'oro sparsi, peli ovunque e un alito in grado di disinfestare una dispensa da quattro metri. Riteneva assai improbabile che la vendita del corpo le avrebbe comportato un incremento del reddito.

«Mamma, a parte il fatto che non l'ho assunta io ma tu dopo una piccola selezione tra quattromila aspiranti, dopo averne cacciate altrettante, che ha combinato stavolta di terribile? Ha di nuovo sbagliato la disposizione dei centrini sui mobili del salotto?».

Il Problema Uno assunse un tono offeso, riuscendo a non calare di un decibel:

«Ti dico che pensa solo a scopare, continuamente presa da chissà quale fantasia sessuale, e ti dico che quella fa cose turche, lo vedo dalla faccia, e poi queste immigrate sono tutte così, maledette troie venute dall'est a prendersi i nostri uomini, ecco il motivo per cui quelle come te resteranno zitelle per sempre, eppure uno straccio di uomo te l'eri trovato ma non te lo sei saputo tenere, va bene che era un omuncolo da niente, ma almeno c'era».

Pur ritenendo assai improbabile che Sonia fosse venuta dalla Moldavia per erogare fantasie sessuali agli italiani, Mina era disposta a sorvolare sulle querimonie in merito del Problema Uno. D'altronde, come

73

ben sapeva, sarebbe stato fiato sprecato cercare di convincere Concetta del contrario. Sulla questione dell'ex marito non era disposta però a soprassedere.

«Mamma, ti ricordo che Claudio l'ho lasciato io. E credo che dovresti essere fiera di una figlia che, accortasi dell'assenza di amore, abbia fatto una scelta che...».

Concetta si produsse nell'ardito esperimento vocale di fare una risata sardonica urlando:

«L'amore! Chi se ne fotte dell'amore! L'amore è nelle canzoni, nei film e nei romanzi brutti! La vita è altro, deficiente che sei. Voglio sapere chi ti manterrà, una volta che tu e questa puttana mi avrete ammazzata, come state tentando di fare da anni, ma io sono resistente, anche se vecchia e invalida, perciò questa soddisfazione ve la darò il più tardi possibile!».

Mina valutò l'opportunità di fingere che la linea fosse disturbata con una buona imitazione di un rap singhiozzante. Poi prevalse la curiosità.

«Insomma, si può sapere che è successo? Che ha fatto Sonia?».

Era impressionante la capacità di Concetta di assumere un tono circospetto pur continuando a urlare.

«No, eh... tu sai che io... Insomma, le avevo dato un incarico in profumeria, e quella deficiente... Ora si dovrebbe fare un cambio, e non mi fido di lei, quindi dovresti andarci tu».

«Mamma, dovrei prima passare per casa se è un cambio, no? E di che si tratta, poi?».

Ci fu un attimo di silenzio ristoratore e ingannatore, a seguito del quale istintivamente Mina appoggiò l'orecchio al telefono per verificare la sussistenza della comunicazione. L'operazione fu assai incauta, perché la voce di Concetta ruppe l'etere e il timpano della figlia:

«La cretina ha preso una crema antirughe invece di quella rivitalizzante. Come si permette, questa zoccola? Pensa che io sia vecchia, capisci? La puttana!».

Massaggiandosi la parte lesa, Mina decise che per quella sera era troppo anche per una come lei.

La GdM si era espressa al meglio.

XI

A sottolineare il pensiero, il bel volto di Domenico si affacciò alla porta e subito si mostrò preoccupato:

«Che c'è, Mina? Hai male all'orecchio? Devi aver preso un colpo d'aria, io sono specializzato come sai in ginecologia ma ovviamente ho dato l'esame in otorino-laringoiatria e quindi posso, se vuoi, esaminare subito la parte che...».

Mina proruppe, in tono di supplica:

«Per carità! Per carità, ti prego, Domenico, non ti ci mettere pure tu».

Il medico si sentì autorizzato a entrare.

«Oh, ma non si devono trascurare i colpi d'aria, soprattutto quando si tendono a formare infiammazioni all'interno del padiglione. Sai che una volta una paziente, alla quale peraltro non avevo riscontrato patologie, tornò proprio per un'otite a farsi visitare e...».

Mina cercò almeno di riportare la conversazione su Flor e la madre, ultimo tentativo prima di optare con decisione per il suicidio mediante lancio dalla finestra.

«Senti, Domenico, ma tu pensi che Flor e Ofelia torneranno? Che impressione hai avuto?».

L'uomo si strinse nelle spalle, ma non rinunciò a chiedere:

«Mina, non puoi chiamarmi Mimmo, per favore? Mi aiuterebbe a sentirmi più...».

Accorgendosi di un qualche bagliore omicida negli occhi di lei, si affrettò a dire:

«Comunque sai meglio di me che non è raro che una ragazzina di quell'età provi ad attirare in qualche modo l'attenzione su di sé o sulle persone che le stanno vicino. Certo, se devo dirti la verità la donna mi pareva piuttosto sofferente. Aveva un'espressione un po'... triste, non ti è sembrato?».

Mina annuì ammirata:

«Complimenti, Sherlock. Non ci avrei mai pensato».

Domenico assunse un'aria palesemente compiaciuta:

«Vero? Io invece l'ho notato, e per questo ho cercato di tirarla su facendole capire che un viaggio a casa dei suoi potrebbe esserle salutare. Sai, il beneficio di...».

Mina urlò, esasperata, e con orrore si rese conto di quanto la sua voce fosse simile a quella della madre quando parlava al telefono:

«Maledizione, è ovvio che era triste! Di più, era terrorizzata! Infatti ti chiedevo come fare, se non tornassero, a saperne un po' di più. Che ne dici?».

L'uomo sbatté le palpebre, con un mezzo sorriso congelato sulle labbra come chi ascolta una barzelletta che non capisce.

«Ma... hanno detto che tornano, no? Perché io devo rivedere la bambina, anche se ho l'obbligo di dirti sinceramente che non mi piace mentire, sia professionalmente che nella vita privata. A volte sarebbe conveniente, non dico di no, ma proprio non ci riesco».

La donna lo fissò perplessa. Sarebbe stata la prima volta che non solo incontrava un uomo incapace di mentire, ma che veniva a sapere dell'esistenza di questo animale rarissimo.

«Davvero? E non menti su questo?».

Il medico sembrò sinceramente perplesso:

«E come farei a mentire sul fatto che non mento? Sarebbe una menzogna sulla sincerità, che dimostrerebbe che sono sinceramente bugiardo, cosa che non sono perché ti ho appena detto che non mento, quindi...».

Mina rifletté sul fatto che a quell'ora, e dopo quella giornata, se una avesse avuto, prima di perpetrare l'omicidio, l'accortezza di girare un breve video da produrre in giudizio, avrebbe senz'altro ottenuto un'assoluzione con formula piena.

Invece di dare seguito al crimine o in alternativa addentrarsi ulteriormente nella surreale conversazione, preferì dire:

«E se non tornassero? E se effettivamente fosse vero quello che la ragazzina ci ha detto, e lei e la madre fossero realmente in pericolo?».

Domenico considerò attentamente la questione:

«Dici se avessero mentito? Devo dirti la verità, nelle donne che vengono qui a farsi visitare rilevo una certa propensione non voglio dire alla bugia, per carità, sarebbe scorretto da parte mia, ma all'esagerazione sì. Qualche giorno fa una signora di settantacinque anni, per esempio, asseriva di aver appena avuto le prime mestruazioni e pretendeva che io verificassi la questione. Ora, lungi da me accusare qualcuno, e soprattutto una donna che potrebbe essere mia nonna, ma capirai che...».

Mina fu a quel punto assolutamente certa che lo strangolamento del ginecologo non fosse una fattispecie di reato prevista dal codice penale, e valutò seriamente di porre fine alla sofferenza cerebrale di quell'uomo. Tirò un paio di profondi respiri, cercando di riprodurre la tecnica *Pranayama* appresa nella fase yoga della sua giovinezza. Il movimento coinvolse però troppo il Problema Due e perfino Domenico, in genere poco attento alla parte, reagì con un sorriso ebete.

Lei si fermò subito e arcigna disse:

«Secondo me dovremmo aspettare domani e, se non dovessero tornare, le andiamo a cercare noi. Abbiamo l'indirizzo, no?».

«Ma sulla base delle indicazioni che ho dato, domani sarebbe troppo presto. La ragazzina ha detto alla madre che aveva quel problema, le ho dato delle medicine, devono almeno aspettare che abbiano effetto, no? Diamoci un termine a dopodomani, poi ti prometto che cerchiamo un modo».

Mina si voltò verso la finestra e guardò fuori. Il gesto faceva molta scena, ma il fuori era una parete scrostata che distava due metri e mezzo.

Sospirò e disse:

«Io mi fido del mio istinto. Il mio istinto mi fa sbagliare tutto, nella vita: tutto, soprattutto nei rapporti umani. Ma non mi ha mai tradito su questo tipo di questioni, e ti assicuro, Domenico, che quella donna era terrorizzata. Mi ha dato l'idea di un animale braccato, che sta lottando per la vita. E che ha un solo sogno: la fuga. Andarsene a casa sua, in Perù, dai genitori. Cosa che qualcuno le impedisce di fare».

Domenico ripeté, suadente:

«Ma io ti assicuro, Mina, che non ci sarebbe nessun motivo ostativo, di alcun tipo, almeno dal punto di vista medico, a farlo davvero, questo viaggio. Certo sconsiglierei la nave, troppo tempo e poi qualche variazione climatica soprattutto in inverno, il moto ondoso potrebbe causare qualche nausea, ma in aereo...».

Mina rivolse un muto complimento alla GdM, che raggiungeva in un meraviglioso crescendo la perfezione, e senza salutare il dottore se ne andò sbuffando.

XII

Il maresciallo Antonio Gargiulo se ne stava in piedi, lievemente decentrato rispetto alla scrivania nell'ufficio ordinato ma pieno di faldoni e documenti.

Non si sentiva a suo agio, non poteva farci niente. Quell'uomo, coi suoi occhiali cerchiati di nero, il nodo della cravatta perfetto, la piega dei pantaloni dritta come un righello, il tono della voce pacato e quel brivido di sarcasmo in ogni discorso gli dava una sensazione di perenne presa per il culo. E lui, il maresciallo Gargiulo, odiava essere preso per il culo.

Tossicchiò, giusto per manifestare la sua esistenza in vita. L'uomo con gli occhiali smise per un attimo il fastidiosissimo picchiettare con la punta della penna sul foglio che stava leggendo e sollevò un occhio e un sopracciglio verso di lui. Gargiulo immediatamente si mise a fissare le luci che scorrevano sulla strada, venticinque metri sotto la finestra, come inseguendo filosofici pensieri sull'ontologia dell'essere umano.

L'uomo con gli occhiali compitò, come un maestro che parla a un alunno deficiente (il che, più di ogni altra cosa, mandava in silente ma violenta incazzatura Gargiulo):

«E quindi, se leggo bene e se comprendo perché anche questo rapporto è scritto in un italiano che definirei impressionistico: Capano Annunziata, detta Titina, quarantadue anni. Casalinga. Coniugata con Russo Anselmo, titolare della licenza taxi numero eccetera, domiciliati in via eccetera dove hanno trovato il cadavere, secondo piano eccetera. Figli uno, Russo Giacomo, anni ventuno, l'ha fatto giovane, eh?».

Gargiulo aprì la bocca, ma prima che potesse rispondere il magistrato De Carolis continuò:

«Avete preso l'iniziativa di verificare che il marito fosse al lavoro, all'ora presumibile del delitto, e avete ricostruito le corse, bravo Gargiulo, proprio bravo. Una splendida intuizione».

Gargiulo, preso per il culo consapevolmente, seguì le luci rosse di una vettura che prendeva un controsenso augurandosi che qualcuno le andasse contro. Non accadde.

De Carolis proseguì:

«E avete verificato anche che il figlio in quel momento stesse a casa di tale Savarese Michelangelo, dormendo ubriaco dopo una festa che si era conclusa a mezzogiorno dalla sera precedente, testimonianze univoche eccetera. Gargiulo, sono sorpreso dal vostro spirito di iniziativa. Sorpreso al limite della commozione».

Il maresciallo fu colpito da improvviso interesse per la punta della sua scarpa sinistra. Quell'uomo aveva il potere di far sembrare un complimento un cazziatone e senza alterare il tono della voce.

«Avete perfino fatto un passaggio sui vicini di casa, per apprendere che filavano tutti d'amore e d'accordo e che non si era sentito mai un litigio tra i coniugi, che invece concordavano nel cazziare univocamente il figlio che non studiava, non lavorava e non faceva una beneamata mazza. Ma il ragazzo, leggo, non coltivava rancore e, quando la cazziata era eccessiva, prendeva e si andava a ubriacare. Molto, molto bene».

Gargiulo interloquì sommesso:

«Dottore, il ragazzo non sembra cattivo, se mi posso permettere. Per carità, rincoglionito e superficiale sicuramente, ma non cattivo. Non ci voleva credere a quello che è successo alla mamma, non la finiva più di piangere. Diceva: e mo' a me chi me li lava, i panni?».

De Carolis fissò Gargiulo come fosse Gregor Samsa.

«Sì, eh? Giusto. Con questa gioventù, perché preoccuparsi del futuro?».

Tornò con gli occhi sul foglio e riprese a leggere.

«Oh, e qua viene la parte interessante. Nessun segno di scasso, nessuna finestra aperta, nessuna impronta schedata. Nessun segno di colluttazione, è così, Gargiu'? Leggo bene?».

Gargiulo tossicchiò ancora e scosse il capo.

De Carolis lo fissò con entomologico interesse:

«Deve fare qualcosa per questa tosse, Gargiulo. Non mi piace. È stizzosa. La tosse quando è stizzosa è pericolosa».

Approfittando del ritorno degli occhi del magistrato sul foglio, Gargiulo mise repentino la mano in tasca e grattò quello che doveva grattare.

Senza sollevare lo sguardo, De Carolis disse cordiale: «Eh, ci sta poco da grattare, Gargiu'. È stizzosa».

Il carabiniere estrasse la mano con una velocità prossima a Mach 2.

De Carolis riprese:

«Il che lascia immaginare che la vittima conoscesse l'assassino. O che almeno non si aspettasse il colpo. Che, ovviamente, è stato sparato a bruciapelo e alla nuca, come un'esecuzione. E qua arriviamo alle dolenti note».

Il tono di rimprovero emerse così improvviso che Gargiulo fu sul punto di confessare l'omicidio, così, per fare contento il dottore.

«La balistica non ha dubbi, gli stessi dubbi che non aveva per l'omicidio De Pasca, l'avvocato: una Luger P08. Una Luger P08, capisce, Gargiu'? E lo mettono per iscritto, pure. Una bella faccia tosta, non crede?».

Gargiulo sospirò comprensivo, non avendo compreso un bel niente.

De Carolis cominciò a picchiettare più svelto, con grande ansia del carabiniere:

«Come fosse normale, introdursi in una casa passando sotto la porta o attraverso l'aria condizionata con una Luger P08. Ma lei l'ha mai vista, una Luger P08, Gargiu'?».

«Dottore, io veramente...».

De Carolis batté la mano di piatto sulla scrivania, portando il maresciallo a un plausibile tentativo di record di salto da fermo con scarpe d'ordinanza.

«E no che non l'ha vista, Gargiulo, e sa perché, non l'ha mai vista? Perché quelle pistole ce l'hanno sì e no i collezionisti, erano in dotazione agli ufficiali tedeschi della prima e della seconda guerra mondiale! Sa perché si chiama 08? Eh? Lo sa?».

La voce tuonava nell'ambiente ristretto. La colorazione delle orecchie di Gargiulo cominciò a tendere a un grazioso fucsia.

«Perché l'anno in cui diventò la pistola dell'esercito imperiale fu il 1908, ecco perché! Chi cazzo li ha ammazzati a questi due, il direttore di un museo?».

Gargiulo s'illuminò, servizievole:

«Dotto', se volete noi un passaggio lo potremmo pure fare, conosco un museo delle armi storiche che sta in...».

De Carolis si ricompose e rivolse al militare uno sguardo così carico di disgusto che l'uomo arretrò di un passo.

«E comunque la pistola è la stessa, il modus operandi è lo stesso, la scena del crimine è simile. L'assassino potrebbe essere lo stesso. Quindi, avete pensato e io ho avallato il pensiero, abbiamo proceduto a un bel confronto fra le impronte trovate sulle due scene. E abbiamo trovato corrispondenze, Gargiu'? Uno stesso cazzo di dito ha toccato qualcosa, che so, un bicchiere, un piatto, il ripiano di un tavolino?».

Gargiulo tentò di parlare e la replica gli uscì in falsetto. Con la voce di un castrato del Settecento disse:

«No, dottore, nessuna corrispondenza».

Si schiarì subito la gola, e il magistrato con feroce letizia commentò:

«È stizzosa, Gargiu': è stizzosa. La peggiore che c'è, ve lo assicuro».

Gargiulo registrò l'informazione con entusiasmo e annuì.

De Carolis continuò:

«Quindi possiamo concludere che De Pasca e la nominata Capano Annunziata detta Titina sono stati ammazzati dallo stesso fantasma, che si è materializzato non visto da anima viva alle loro spalle per poi evaporare nel nulla. È così, Gargiulo? Dica, dica: è così?».

Gargiulo si rese conto di essere sull'orlo delle lacrime. Con gli occhi arrossati fece un movimento obliquo, una via di mezzo tra un assenso e un diniego, affinché la propria opinione risultasse variamente interpretabile.

De Carolis da dietro gli occhiali gli rivolse uno sguardo velenoso, come a dire: stavolta mi hai fregato, ma la prossima paghi questa e quella.

Continuò:

«E veniamo alle rose, perché qua la faccenda assume i contorni della farsa e comincia a sembrare una di quelle cose americane che si vedono la sera e uno pensa: che cazzata, fammi cambiare canale. Perché pure qua, a casa della Capano, in bella mostra su una mensola tra una palla di vetro di Pompei con la neve dentro e un puttino di ceramica con l'arco sbeccato, per inciso uno spettacolo schifoso, vedo nelle fotografie di scena un bel vaso con lo stesso mazzo di rose di De Pasca. È vero, Gargiu'?».

Gargiulo perse incautamente e in malo modo l'occasione di tacere.

«No, dotto', non lo stesso. Un altro».

De Carolis alzò lentamente gli occhi dalla fotografia al centro della quale spiccava il vaso con le rose a gambo lungo e li spostò sul carabiniere. Gargiulo, incapace di reggere quello sguardo rettile, si mise di leggero profilo assumendo l'espressione eroica, quella che aveva visto nelle raffigurazioni di Salvo D'Acquisto al martirio. Lo sguardo abnegato, il mento abnegato e le spalle abnegate fissavano la notte che si punteggiava di luci.

De Carolis sembrò a lungo in dubbio tra una pena corporale e una sanzione disciplinare, poi per convenienza optò per la finzione di non aver udito.

«E le rose, come avete fatto rilevare dalla scientifica, hanno età diverse, dalla più vecchia alla più giovane. Come fossero arrivate giorno per giorno, e per dodici giorni. Ditemi che leggo bene».

Gargiulo non resistette alla tentazione di battere leggermente i tacchi. Sembrò, più che rispetto, un riflesso condizionato.

«Esattamente, dottore. Proprio come il mazzo di De Pasca. Il mazzo di rose, voglio dire. Cioè, il mazzo della Capano e il mazzo di De Pasca, pur essendo diversi, sembravano lo stesso mazzo; e potrebbero essere appunto lo stesso mazzo, cioè potrebbero venire dallo stesso... mazzo».

Si accorse di essersi incartato malamente, e finì in una specie di decrescendo come una canzone degli anni Settanta.

De Carolis ruggì, alzandosi:

«Io voglio sapere da dove vengono queste rose, Gargiu'. E voglio che vi mettiate a scavare nelle vite di questi due cadaveri, per vedere se e quali contatti hanno avuto. E un'altra cosa, Gargiulo, mi ascolti bene».

Fece tre passi verso il carabiniere che riconobbe nelle lenti del magistrato la luce omicida che, venti anni prima, aveva letto negli occhi di un rapinatore al quale per fortuna si era inceppata la pistola, consentendo all'allora giovane appuntato Gargiulo di guadagnarsi una menzione al valore e i pantaloni sporchi di cacca.

De Carolis giunse a pochi centimetri dalla faccia di Gargiulo, così vicino che il carabiniere temette di essere baciato. Sputacchiandogli in viso, disse:

«E attenzione, Gargiulo: nessuno, dico nessuno deve far arrivare alla stampa notizia delle rose o della Luger P08. Si scatenerebbe una psicosi, o qualche buontempone si metterebbe in testa di imitare il fantasma. La riterrò direttamente responsabile, in caso contrario. Siamo d'accordo?».

La fronte imperlata di sudore proprio e il naso imperlato di saliva di magistrato, Gargiulo tentò di dire sissignore, ma gli uscì solo un colpo di tosse.

Uscendo dalla stanza a grandi, adirati passi, De Carolis gli urlò:

«È stizzosa, Gargiu'. È stizzosa. Ci faccia attenzione, un mio amico ci è morto, con la tosse stizzosa».

Gargiulo gli sorrise alle spalle, con deferente odio.

XIII

La GdM dopo il tramonto diventava facilmente SdM. Era un po' una costante nella vita di Mina Settembre, che dava anche la colpa a se stessa di questa continuità. Se una, rifletteva spesso, affronta con atteggiamento negativo l'esistenza, quella tende ad adeguarsi abbastanza velocemente.

Bisognava anche dire che il contesto aiutava, e pur procedendo con lentezza per ritardare il ritorno a casa, alla fine comunque arrivava, e Concetta cominciava fin da mezzogiorno ad accumulare querimonie da scaricare sulla figlia al primo momento utile.

Né Sonia, la badante moldava sulla cui amoralità sessuale la madre non nutriva dubbi, poteva fare da parafulmine scaricando su di sé un po' della energia negativa del Problema Uno. Sembrava assolutamente impermeabile agli insulti e alle confidenze, e fino a quando non aveva con voce melodiosa interloquito in merito alla ricetta della parmigiana dopo due mesi di permanenza nel ruolo, Mina era stata convinta che non avesse alcuna cognizione della lingua italiana.

L'assistente sociale si era spessissimo interrogata sulla personalità di Sonia con lo stesso fascino che avrebbe subìto un'etologa di fronte a un gorilla in grado di cucinare, cucire e nel contempo sopportare Concetta. Temeva che da qualche parte ci fosse un organo interno, il fegato, il pancreas, i polmoni in grado di catalizzare la rabbia che nessun millimetro di epidermide esprimeva, e che comunque da qualche parte doveva pur andare a finire. La paura era che un giorno, mantenendo l'espressione vacua e gli occhi assenti che aveva sempre, avrebbe ridotto Concetta a una quantità di pari peso di cubetti di un paio di centimetri per lato, congelandone così i resti.

Nel frattempo però l'assenza di qualsiasi forma di reazione configurava una situazione in cui Concetta continuava a borbottare come un ragù in cottura e Sonia continuava a lavorare con quieta determinazione, senza proferire suono. Non il giusto panorama sociale in cui passare una bella serata.

La congiuntura favorì però il programma di Mina, che dopo un veloce saluto si chiuse nella sua cameretta (il solo definirla così la mortificava di fronte a se stessa) e fece una telefonata che non avrebbe mai voluto fare, ma come si dice: l'amaro calice va assaporato fino in fondo.

Dopo qualche squillo rispose una voce preoccupata, dal tono molto basso:

«Sei tu? Che succede? Stai bene? Qualche guaio? Qualche...».

Come sempre, ed era il motivo per il quale non avrebbe mai voluto fare quella telefonata, su Mina scese una cupa rabbia.

«Mi spieghi perché dovrebbe essere successo un guaio? Mi spieghi perché ogni volta che mi senti dovrebbe essere per qualcosa di brutto? Mi spieghi perché dovrei star male? E soprattutto, mi spieghi per quale motivo parli così piano?».

Dall'altra parte ci fu un attimo di silenzio, dal quale emerse il suono di alcuni passi ovattati. Poi, con tono più calmo, l'interlocutore disse:

«Perché i precedenti parlano chiaro, Mina. E io sono abituato a ragionare per precedenti, come sai. Finora, da quando ci siamo separati, non ho mai avuto il piacere di essere contattato da te se non per necessità. E con percentuale schiacciante, per mettere riparo a guai».

Lei considerò la questione e valutò conveniente focalizzare il discorso altrove:

«E perché parlavi piano, prima?».

«Al di là del fatto che non credo siano cose che ti riguardano, sono venuto a prendere Susy al lavoro, e sta registrando. Non si può parlare ad alta voce in studio».

La rabbia di Mina cambiò leggermente colore, senza diminuire di intensità.

«Ah, la tua fidanzata siliconata. Dimenticavo».

Claudio protestò vivacemente:

«Senti, non ti consento queste malignità. Ti assicuro che Susy non ha mai fatto interventi di chirurgia estetica. Si mantiene in forma con ore di palestra e lunghe camminate, ed è aiutata da una pelle naturalmente elastica. In questo è come la madre, che ha più di ottant'anni e si mantiene ancora benissimo».

«Sì, eh? E non ti sei mai chiesto come sia possibile che una di trentacinque anni millantati sia figlia di una di quasi novanta, Sherlock? Che è, Sant'Anna con Maria?».

L'uomo ebbe un'esitazione di radice matematica, poi disse brusco:

«Senti, ti ribadisco che queste non sono cose che ti riguardano. E siccome non credo che tu mi abbia chiamato per conoscere l'albero genealogico della mia ragazza...».

Mina scoppiò in una risata che aveva il tono di un'imprecazione:

«Ah ah ah, la mia ragazza, siamo a questo. Un passo avanti, fino a ieri era una tua amica e adesso è la tua ragazza».

La voce di Claudio tremò d'ira trattenuta:

«Ieri risale a mesi fa, l'ultima volta che ne abbiamo parlato, e allora era una mia amica perché ci frequentavamo soltanto. Ora è qualcosa di più. Peraltro vorrei che mi spiegassi il tuo tono, giacché, come certamente ricorderai, mi hai lasciato tu».

Mina ruggì.

«Questi sono dettagli ininfluenti. E comunque: da quando in qua un uomo della tua età dice "la mia ragazza" come se avesse quindici anni? Ti pare il modo di parlarne?».

Claudio rispose:

«Hai ragione. È che dire "la mia fidanzata" mi pare ridicolo, un'amica soltanto non è più, se fosse la mia compagna dovrei viverci insieme e quindi...».

«Non ci vivi insieme? E perché?».

La voce dell'ex marito si fece stridula.

«Perché... perché... sono fatti miei, il perché! Non ti riguarda, maledizione! Dimmi che accidenti vuoi, sei l'unica persona al mondo che ha il potere di farmi perdere la pazienza, cazzo!».

Qualche riposto risvolto della personalità di Mina sorrise di maligno sollievo. L'esercizio di un potere su qualcuno, ancorché negativo, è sempre fonte di soddisfazione.

«Volevo chiederti una cosa veloce, e per favore rispondi senza commentare. Se non c'è una denuncia esplicita, se cioè l'eventuale vittima non è disposta ad andare alla polizia a mettere per iscritto niente, ma si ha notizia di maltrattamenti, non si può mandare qualcuno a verificare?».

«Scusa, non ho capito quello che stai dicendo».

Mina sbuffò, in maniera perfettamente udibile dall'altra parte e nella piena consapevolezza che la cosa mandava in bestia l'ex marito.

«Allora, metti che una professionista del sociale, metti un'assistente di un consultorio, abbia notizia da un minore che una donna viene maltrattata da qualcuno, metti il marito».

«Mina...».

«Stammi a sentire, per favore. Questo minore asserisce che accadono certe cose, e viene a chiedere aiuto. Che si può fare?».

Claudio rispose con una pazienza evidentemente posticcia:

«Il minore produce delle prove?».

«Ma no, ovviamente. Che prove si possono produrre?».

«E la persona maltrattata che dice?».

Mina esitò.

«Niente. Non dice niente, non avalla la cosa, non la conferma».

«Quindi parliamo di un bambino, o una bambina, che dice qualcosa che potrebbe essere un'invenzione, come i bambini fanno, e che l'ipotetica vittima nega. È così?».

Mina tacque.

Claudio riprese:

«Non si può fare niente, Mina. I bambini inventano, hanno fantasia. Sono bambini. È l'adulto, la vittima, che deve denunciare. O perlomeno confermare. Solo allora si può intervenire».

«Ma non è giusto! E guarda che i bambini non inventano necessariamente, sai. Possono dire la verità, e quando la dicono hanno bisogno di aiuto! Io...».

Claudio l'interruppe, con tono più dolce:

«Mina, si può fare intervenire la polizia, ma lo sai quello che succede, no? Se nessuno conferma, se nessuno dice niente, la volante se ne deve andare. E a quel punto chi è stato segnalato sa di esserlo stato, e se è vero, sottolineando se, con chi se la piglia?».

Mina rifletté:

«Capisco. Allora uno dovrebbe essere cosciente che da qualche parte qualcuno sta maltrattando qualcun altro e rimanere zitto, è così?».

«No che non è così. Si approfondisce, si cercano indizi e prove, si trovano conferme e poi, solo poi, si procede. Esiste una legge, sai, e...».

Mina sbottò:

«Già, già, la legge. Per te esiste solo quella, la legge. Be', ti do una notizia, Claudio: la legge è un recinto, dentro il quale e fuori dal quale si muovono gli esseri umani. E se qualcuno si trova nei guai, la legge non dovrebbe essere un impedimento a dargli una mano, ma un supporto. Hai capito?».

Claudio era l'unica persona che lei conoscesse in grado di scuotere il capo con condiscendenza per telefono.

«Mina, Mina. Sei sempre la stessa, non vuoi renderti conto che la convivenza civile deve avere delle regole. E fammi capire, come hai intenzione di metterti nei guai, stavolta? In che maniera dovrò tirartene fuori?».

Mina però era anche l'unica persona che lui conoscesse in grado di sibilare intere frasi prive di sibilanti.

«Vai, vai. Vattene pure dalla tua ragazza, a guardare la sua lettura del telegiornale. Stattene pure tranquillo nel tuo bozzolo, mentre la gente soffre. E un caro saluto alla tua coscienza».

Prima che lui potesse rispondere chiuse la comunicazione e spense il telefono per evitare la richiamata. Intenzionata a chiudersi in bagno uscì dalla stanza, ritrovandosi una sedia a rotelle che imitava Gloria Gaynor a sbarrarle la strada.

«Hai parlato con tuo marito, vero?» disse Concetta, indagatrice.

Come facesse a capire quello che succedeva con tale precisione era e sarebbe rimasto un mistero.

«Mamma, che cosa te lo fa pensare?».

L'incapacità di mentire a quello sguardo a fessura, retaggio di un'infanzia da prima della classe, le aveva insegnato a rispondere a una domanda con un'altra domanda. L'espediente però aveva smesso di funzionare da anni.

«Senti, una donna non rimane giovane per sempre. Se una cosa non è andata, be', il capitolo è chiuso e si va altrove. D'altronde...».

«... l'ho lasciato io, lo so. E ho fatto bene, perché non funzionava e non aveva mai funzionato. L'ho chiamato per una questione di lavoro, e come al solito non è stato di nessun aiuto. Tutto qui».

Concetta rise senza allegria:

«Intanto stasera, come ogni sera, sei qua in casa con una vecchia e una governante moldava zoccola. Invece di uscire e di vedere come procurarti un uomo, che ti mantenga quando tua madre, che sono io, si sarà tolta dalle palle».

«Mamma, ti prego, lasciami passare. Devo andare in bagno».

Il sorriso beffardo non sparì.

«Quella merda di consultorio, un appartamento diroccato che ti ostini a chiamare ufficio, dove nemmeno ti pagano. Una cameretta coi poster di Claudio Baglioni, come una ragazzina di sedici anni, a quarantadue. Una famiglia che non c'è. Hai ragione, il bagno alla fine è una buona soluzione. Se cerchi le lamette, sono nel secondo cassetto del mobiletto».

«Mamma, ma che dici, sei pazza? Guarda che io ho una vita perfettamente realizzata, ho un lavoro e...».

«Certo, un lavoro. Cercare di aiutare gente che non vuole essere aiutata, lasciando in libertà tizi che dovrebbero essere in galera e donne che vorrebbero fare il porco comodo loro a pagamento. E invece a qualcuno piaci, e lo sai. Io ne ho anche le prove, ogni giorno».

Mina cercava di farsi spazio per arrivare alla porta del bagno.

«Mamma, ti prego, smettila. Non mi interessano certe cose, lo sai. E se vuoi proprio saperlo, qualcuno che mi piace c'è».

Di nuovo la risata sarcastica:

«Sì, eh? E dov'è adesso, questa nuova vittima? Mentre tu sei chiusa in casa con la vecchia e la troia? Con la moglie e i figli, immagino. O è un prete, magari?».

Con una finta sulla destra, Mina passò alla sinistra della sedia e si chiuse in bagno, a tripla mandata. All'esterno, dopo una pausa di silenzio, Gloria Gaynor fischiettò nel corridoio.

La GdM si avviava alla conclusione. Sperando non passasse il testimone alla sorella gemella.

XIV

Determinata a non subire la seconda GdM consecutiva, Mina sgattaiolò fuori di casa mezz'ora prima del solito nella finalità di non doversi sorbire una nuova arringa della madre. Ebbe cura di non accendere la luce e di non chiudere la cigolante porta del bagno, costringendosi a vestirsi in Braille e prendendo perciò a caso gli indumenti dal cassetto.

Non le andò benissimo, almeno ai suoi fini, mentre andò splendidamente a tutti i maschi che si trovarono sul suo cammino.

Quella che al tatto e al buio le era sembrata una castigata casacca grigia, comprata in un outlet dopo numerose prove e caratterizzata dalla capacità di coprire ogni forma, si rivelò, quando la infilò nell'ingresso subito prima di uscire, uno spiritoso regalo di Greta, una delle sue tre amiche d'infanzia che si ostinava a frequentare e che era allineata sulle posizioni di sua madre in merito alla necessità delle donne di essere donatrici di organo per assurgere a posizioni elevate nella vita. La suddetta Greta, affermata professionista perché stimatissimo avvocato nonché anima della vita notturna dei sobborghi dove si recava a caccia di carne fresca, le aveva sempre detto che se avesse avuto il décolleté di Mina sarebbe appartenuta alla famiglia reale inglese, per il tramite di un matrimonio random con uno qualsiasi dei componenti della stessa.

La valorizzazione del Problema Due era stata per Greta una specie di piccola missione, culminata in quel regalo di compleanno che Mina aveva giudicato immediatamente impossibile e che adesso, come in uno dei suoi peggiori incubi, si ritrovava addosso. Sarebbe tornata indietro a cambiarsi se non avesse sentito, dalla camera da letto della madre, Gloria Gaynor accennare all'intro di *I will survive*. Troppo tardi. Doveva uscire così.

La camicetta era normale fino al secondo bottone a partire dal collo, e ridiventava normale dall'ombelico in giù. Certo, il color pesca non era il massimo della sobrietà; ma non era quello il punto. Il punto era che dal secondo bottone e fino al penultimo la camicetta si apriva, senza asole e senza alcuna forma di chiusura, in una specie di grosso cuore vuoto che lasciava liberi, fino a quasi l'attaccatura, i seni. Ove questi ultimi fossero stati normali, diciamo fino a una quarta misura, la faccenda non sarebbe stata gravissima e anzi in certi ambienti angiportuali e in certe discoteche della Versilia dopo le tre del mattino sarebbe risultata spiritosa e perfino intrigante. Col seno di Mina e a prima mattina di un giorno feriale poteva condurre a una condanna per direttissima per istigazione a diverse fattispecie di reato.

Continuando il peggiore degli incubi e spostando in avanti il confine della GdM, Mina comprese che non avrebbe trovato aperto un negozio per comprarsi uno scialle, una sciarpa o altri strumenti difensivi. Camminò perciò tenendo le braccia conserte, assumendo per questo un'andatura che faceva pensare a una sopravvenuta incazzatura o a un infarto in atto.

Riuscì sostanzialmente a dissimulare la situazione, anche grazie all'ora antelucana e quindi alla poca gente per strada. I Quartieri Spagnoli però pullulavano già di vita, e in pochi secondi si trovò a fendere una folla in festa che le tributava un maschio, inopportuno e assai rilevante gradimento. Per fortuna arrivò al portone del palazzo in cui riparò lasciandosi alle spalle un codazzo di ragazzini precoci che cercavano di comunicarle in lingue incomprensibili in quali divertenti attività l'avrebbero piacevolmente coinvolta. Nella fresca oscurità dell'androne si sentì finalmente in un luogo tranquillo e mollò le braccia lungo il corpo, ignara per un momento di trovarsi nella tana del più terribile predatore sessuale dei dintorni.

Si materializzò infatti davanti a lei Trapanese Giovanni detto Rudy, con una scopa in mano nell'esercizio della sua seconda funzione dopo quella di seduttore seriale, vale a dire il portinaio dello stabile. Si trovò davanti a Mina, o meglio al Problema Due, ed ebbe la stessa reazione di una pastorella portoghese di fronte all'apparizione della Signora con l'Azzurro Manto. Fu un'epifania, una manifestazione soprannaturale, la realizzazione del più ardito dei sogni. Dinanzi al civettuolo regalo di Greta l'uomo lasciò cadere la scopa e la mandibola, sgranando gli occhi e allargando le braccia come a ricevere tutto lo Spirito della visione. Sul volto si dipinse un estatico sorriso, che scoprì gengive vuote e pochi denti superstiti sporchi e irregolari, ma lo fece sembrare più giovane.

Mina si coprì di nuovo in fretta, ma era troppo tardi. Quell'uomo non sarebbe mai stato più lo stesso.

«Ma che meraviglia vedervi, stamattina! Che giorno speciale è schiarato, che benedizione mi è toccata! Mai avrei sperato tanto, di trovarmi così al vostro cospetto!».

La straniante impressione che si stesse rivolgendo direttamente alle tette, sostenuta dall'altezza e dalla fissità dello sguardo e da quel *voi* insistente oltre che dall'esitazione su quell'ultima parola, fu così univoca che Mina pensò di mollargli uno schiaffone se solo non avesse pensato che togliere una mano da lì sarebbe stato per l'uomo un favore.

Ringhiò quindi:

«Trapane', non si permetta. E per cortesia, finiamola con questa questione che una donna non si può vestire in un certo modo senza provocare queste ridicole reazioni! Se io mi trovassi davanti a lei con la camicia sbottonata mica reagirei così!».

L'ometto sbatté le palpebre, più distratto che confuso, e senza togliere gli occhi dalle parti che le braccia di Mina non riuscivano ad arginare disse:

«Dottore', per favore, io se mi apro la camicia faccio più schifo di adesso, voi invece, mamma mia, che spettacolo! Io l'ho sempre sostenuto, vi farei parlare con gli amici del bar che dicono che io discuto solo di questo, ma credetemi io l'ho sempre detto, voi siete un miracolo! Un miracolo, e ora ne ho le prove! Due immense, meravigliose, enormi prove!».

Mina meditò l'omicidio suicidio, una pratica decisamente sottovalutata quanto a soddisfazione indotta. Poi disse, severa:

«Ho perso un bottone, quante storie. E comunque mi fa piacere incontrarla, Trapanese, perché le devo chiedere una cortesia».

L'uomo allargò ulteriormente il sorriso, scoprendo le sedi dove in un lontano passato avevano risieduto tre premolari.

«Qualsiasi cosa, dottore'» disse commosso, «qualsiasi cosa. Ritenetemi vostro devoto servitore, come quelli là, i cavalieri del tavolino tondo, che per una dama attraversavano il mondo e...».

Decisa a interrompere la lezione di letteratura medievale, Mina disse brusca:

«Lei conosce un po' tutti nel quartiere, no? È sempre vissuto qui, non è così?».

L'uomo annuì, continuando a sorridere come se Mina avesse erogato una perla di immensa saggezza.

«Sì, dottore', sempre qua, ma la gente che abita nel quartiere è tantissima, non si possono conoscere tutti. Certo non sono tutti uguali, voi per esempio sareste evidente dovunque, ma per me, che sono innamorato della bellezza, siete ancora più evidente. Vi ricordate quella canzone che dice "e chi ve pò scurda', uocchie c'arraggiunate..."».

Mina serrò la mascella e fece uno sguardo durissimo che l'uomo, indirizzando altrove la propria concentrazione, non vide. Allora lo interruppe con tono deciso:

«No, non la conosco questa canzone. E nemmeno mi interessa. Mi interessa invece sapere qualcosa su un certo Alfonso Caputo, uno che abita a vico Albanesi 50, al secondo piano. È sposato con una donna peruviana che si chiama Ofelia e ha una figlia di una decina d'anni che si chiama Flor».

Rudy, senza distogliere lo sguardo da quello che probabilmente sarebbe stato l'oggetto dei suoi sogni di lì alla dipartita, scosse il capo:

«Mi pare di averlo sentito nominare, ma non lo conosco di persona. Ma perché vi interessa, dottore'? Una donna come voi, che ci fa con uno sposato e per di più con una straniera? Che vi può dare un uomo così, dottore'? Non è meglio uno con maggiore esperienza, che sa come fare a portare in paradiso una donna che ha queste... queste... queste caratteristiche, come le avete voi? Pensateci, dottore'!».

«Trapane', ma che ha capito? È impazzito? È una questione di lavoro, pare che quest'uomo, che non ho mai visto e che mai vorrei vedere, sia un violento e maltratti la moglie».

Il portinaio scosse il capo partecipe, senza tuttavia spostare lo sguardo.

«Ma veramente? Incredibile. Se volete mi informo, dottore'. E vengo subito a dirvi tutto».

Mina sospirò al pensiero di dover sostenere una seconda volta un incontro con quell'individuo, per giunta vestita così.

«Sì, ma con estrema discrezione. Bisogna essere sicuri che nessuno sappia niente, e che l'uomo non capisca che qualcuno sa del suo modo di fare. Mi raccomando, Trapanese: discrezione as-so-lu-ta. Ci siamo capiti?».

Il sorriso perse un paio di millimetri d'ampiezza, nel tentativo fallito di atteggiare l'espressione estatica a seria compenetrazione.

«Figuratevi, dottoressa. Sarò una tomba. Mi muoverò come una zoccola di notte: lungo il muro e nell'ombra. A più tardi».

Mina annuì e attaccò le due rampe e mezza di scale. La giornata, sicuramente dM, le pareva un'immensa montagna da scalare.

XV

Il musicista, con la matita in bocca, si spostò i lunghi capelli dagli occhi e mise la mano destra sulla tastiera producendo un accordo. Poi ci pensò, annuì e lo ripeté. Due, tre volte, prima di togliere la mano, agguantare la matita e correggere qualcosa sul foglio che aveva davanti, sul leggio del pianoforte. L'altra persona nella stanza si muoveva leggera, alzando e posando cose e oggetti, assolutamente indisturbata e senza alcuna interazione con il musicista.

I capelli lunghi erano una concessione allo status che l'uomo non aveva ritenuto per ora rinunciabile. Troppi colleghi di successo avevano la chioma sobbalzante durante le esecuzioni, a dare forza ai passaggi. Anche l'occhio vuole la sua parte. Stava di fatto però che sulla sommità del cranio andava realizzandosi una radura che prima o poi lo avrebbe portato alla dolorosa scelta tra il riporto, *horribile dictu*, e la rasatura integrale che era sì abbastanza di moda, ma che avrebbe inevitabilmente prodotto maligni sorrisi tra gli addetti ai lavori; ecco, avrebbero detto, si è finalmente rassegnato. E lui questa soddisfazione non la voleva dare.

Mentre la parte della mente deputata alla creazione continuava a cercare l'accordo successivo, che fosse coerente col precedente e tuttavia portasse un qualche elemento di novità giustificando se stesso, un'altra parte rimuginava come sempre sul corso che aveva avuto la sua vita.

Era stato decisamente promettente. Intuitivo, con una tecnica meravigliosa e una sensibilità musicale eccezionale. Il primo maestro ben presto non ebbe più niente da insegnargli, poi il conservatorio, l'inizio di un gruppo con gli amici. I primi concerti, le prime esibizioni. La voglia di essere in scena, l'esperienza teatrale. La presa di coscienza che quello poteva essere un lavoro.

E poi il disco, il primo, un po' di diffusione, i passaggi radiofonici. La richiesta della casa discografica di fare qualcosa di più commerciale, il tentativo poco convinto, un certo successo: non tanto da renderti sazio, non così poco da spingerti a rinunciare.

Molte volte aveva pensato che la vera rovina era stata quel piccolo successo. Il sentirsi dire ah, tu sei quello di *Rapsodia sulla spiaggia*, mi ricordo, pezzo carino. Sì, ma poi che fine hai fatto?

Appunto, si disse il musicista correggendo un accordo sullo spartito che aveva davanti: che fine ho fatto? Non avrebbe saputo rispondere a quella domanda. Canzoni, tante. Per altri, per se stesso, per gli amici. Qualche evidenza, qualche critica positiva ma non abbastanza perché un impresario investisse su di lui. Lezioni a studenti di scarsissimo talento, l'onta di qualche cerimonia, perfino il piano bar. Si deve pur mangiare.

E nel backstage della sua vita, nel privato di quella casa troppo grande ereditata dai genitori, non aveva mai rinunciato all'idea di poter scrivere prima o poi qualcosa di meraviglioso, che di botto lo proiettasse in un altro destino. Quindi, si disse mentre con la coda dell'occhio seguiva senza interesse la danza silenziosa dell'altra persona nella stanza, in qualche strana maniera era coerente con quello che era stato quel magico primo periodo della sua attività, quando le speranze erano più delle disperazioni.

Prese un appunto su un altro foglio pentagrammato, che ripose sul mobile al fianco del piano. Succedeva spesso che, durante la composizione, la mente fosse incantata da un passaggio laterale, da un percorso che non aveva attinenza con quello che stava mettendo giù, ma che avrebbe potuto costituire il nucleo di qualcos'altro di pari o superiore interesse. In quel caso era conveniente scrivere uno o due accordi, per ricordarsene successivamente. *Rapsodia* era stata proprio figlia di un ambizioso componimento in forma di sonata che, infatti, non aveva mai visto la luce.

Un danno collaterale, una ridondanza, un di più che era poi diventato il successo principale della vita. Questa consapevolezza, più di ogni altra cosa, lo umiliava profondamente. La creazione migliore dal punto di vista produttivo era stata una cosa che non voleva scrivere, affidata a un tizio con una brutta voce che ne aveva fatto una personale, stonata versione e aveva invaso i lidi balneari del paese, per una mezza estate di una quindicina di anni prima.

Eppure, lo sapeva, era stato bravo. Bravissimo. Se avesse avuto un'opinione appena superiore a quella di un cane o di un gatto della persona che si muoveva nella stanza, avrebbe parlato del se stesso ventenne, di quanto fosse al di sopra di tutti gli altri per talento e creatività.

Avrebbe raccontato di come, non appena sul palcoscenico toccava a lui, la platea tratteneva il fiato e si metteva a sorridere, come riconoscendo qualcosa di sublime. Lo avevano ammirato, no? E aveva ancora i suoi appassionati, come la persona che gli regalava una rosa al giorno, anonimamente. Ci voleva molta ammirazione, per immaginare un omaggio così alla sua arte.

E d'altra parte al tempo ci sperava ancora, eccome se ci sperava. Mica si aspettava che ventidue anni dopo si sarebbe ritrovato nel suo salone polveroso, e forse quella sera finalmente un poco meno polveroso, a cercare di acchiappare sulla tastiera del pianoforte le note di un successo perduto.

La persona nella stanza passò di lato, fuori dal suo campo visivo.

Il musicista scrisse alcune note, rimise la matita in bocca. Serviva una soluzione ardita per la conclusione del pezzo. In quella musica c'era potenzialità, lo sentiva. Ma serviva una soluzione ardita.

Ci pensò un paio di secondi, masticando la matita. Poi all'improvviso gli attraversò la mente un accordo speciale. Ma non fu l'ultima cosa ad attraversargli la mente.

L'ultima in assoluto fu una pallottola di Luger P08.

XVI

In effetti la giornata si presentò tosta.

Mina si rifugiò nella sua stanza, muovendosi felina nella zona d'ombra generata da una lampadina storicamente fulminata nel corridoio. La fila di donne in corso di aggregazione all'esterno della porta di Domenico non la degnò di uno sguardo, quindi riuscì a riparare nell'ufficio senza ulteriori danni. Ora bisognava per prima cosa reperire un modo per coprirsi.

Scartò immediatamente l'idea malsana di chiedere a Rudy di andarle a comprare una sciarpa. Peraltro faceva insolitamente caldo per la stagione, quindi l'indumento sarebbe stato eccessivamente incongruo col clima, generando pericolose indagini. No. Non andava bene, e dubitava che Trapanese si sarebbe inibito con le sue stesse mani la vista del panorama che tanto amava. Bisognava trovare un'altra soluzione.

L'idea la illuminò come un lampo: poteva chiedere a Domenico se aveva un camice di ricambio. Certo, avrebbe dovuto mostrarsi così a lui, ma l'uomo non era mai sembrato interessato all'articolo: magari era addirittura gay, sebbene fidanzato. L'importante era risolvere la questione, e affrontare la nuova G facendo in modo che fosse un po' meno dM. Uscì dalla porta in fretta e per poco non uccise un ragazzo ossuto e con un grande naso che si trovava a pochi centimetri. Dietro di lui si accalcavano almeno una dozzina di sfaccendati che sentivano all'improvviso un gran bisogno di assistenza sociale. Il dannato telegrafo senza fili del quartiere funzionava benissimo.

Il ragazzo col grande naso, massaggiandosi la proboscide colpita dallo stipite, invece di lamentare il danno fissò evidentemente abbacinato i suoi lacrimanti occhi sul Problema Due e allargò il sorriso. Allora è vero, mormorò in dialetto.

Dietro di lui si sporse un volto grassoccio, che mimò senza voce mammamia. Per una volta, e probabilmente per le stesse ragioni, davanti alla sua porta c'era una fila che ricordava quella per Domenico.

Si fece strada a spintoni, mentre il pubblico rispondeva con uno spontaneo applauso, e si avviò verso la stanza del dottore. Le donne in attesa le rivolsero sguardi lividi e sibili di invidia. Hai capito, la gatta morta, disse una; se avessi quelle armi, avrei il mondo ai miei piedi, disse un'altra. Non si fermò e senza bussare entrò dal medico, che cercava di convincere una giovane donna del peso apparente di circa centocinquanta chili che per l'emicrania a grappolo non era necessario togliere i leggins. Mina fece uscire la ragazza, che era arrossita come colta in fallo durante un tentativo di violenza carnale, il che probabilmente era il suo programma.

Domenico le sorrise come sempre vedendola. Se avesse avuto l'appendice giusta, avrebbe senza dubbio scodinzolato. A Mina ricordò immediatamente il Redford di *Tutti gli uomini del Presidente*, uno dei suoi film preferiti. Fissandola negli occhi le domandò se avesse bisogno di qualcosa. Mina si chiese se veramente non la guardasse come donna, come mostrava, o se invece era il più bastardo raffinato mentitore nel quale si fosse mai imbattuta: sta di fatto che il dottore era l'unico maschio che sembrava assolutamente indifferente al Problema Due.

Cercando di tenere le braccia sul davanti come fosse naturale, e invece assumendo una posizione difensiva del jujitsu, gli chiese nel modo più gentile possibile:

«Scusami, Domenico, non avresti per caso un camice da prestarmi? Ho... ho freddo».

Lui si alzò, con atletica elasticità, e le si avvicinò preoccupato. Era in tutto identico al Redford di *Quell'ultimo ponte*, un film che adorava.

«Freddo, dici? Non ti senti bene? Vieni qui, fammi sentire se hai la febbre».

Mina sbuffò, perdendo istantaneamente la posticcia cortesia che aveva faticosamente mantenuto per quasi un minuto.

«Ma maledizione, Domenico, non puoi per una volta fidarti di quello che ti dico? Sto bene! Ho solo un po' freddo, e ho bisogno di coprirmi».

L'uomo strinse le labbra perfette in modo affascinante:

«Ma non puoi chiamarmi Mimmo, per favore? E comunque no, cara, qui dentro il medico sono io e se manifesti una problematica che porta all'ipertermia non posso certo far finta di non accorgermene. Vieni qui, fammi sentire se...».

Allungò sbrigativo una mano verso la fronte di Mina che, nella finalità di impedirgli il contatto, alzò il braccio. Scoprendo così il Problema Due, che imperioso e impudente si affacciò dal regalo di Greta.

Il tempo si congelò istantaneamente. Fu l'attimo più lungo della vita di Mina, che mai come in quel momento invidiò Luciana, la seconda delle sue amiche, costretta fin dall'adolescenza a inserire imbottiture artificiali nel reggiseno per raggiungere acrobaticamente almeno una seconda misura. Se avesse donato alla popolazione il cinque per mille del suo seno, Mina avrebbe affamato un'intera categoria professionale di chirurghi estetici a livello cittadino.

Restarono così, Domenico «chiamami Mimmo» Gammardella, medico chirurgo specializzato in ginecologia, con il braccio destro alzato verso la fronte di Mina e il sinistro attorno alla sua vita per avvicinarla, e Gelsomina «stammi lontano» Settembre, assistente sociale, il braccio sinistro alzato per stringere il polso indagatore e il destro sulla vita di lui per tenerlo a distanza. Ci fosse stata la musica, probabilmente avrebbero accennato a un passo di valzer.

Lo sguardo sorpreso di Mimmo calò verso il basso, sentendo un contatto che a quella distanza non si sarebbe aspettato. Il conteggio delle braccia di Mina era completo, non poteva essercene un terzo contro il suo torace. E infatti, braccio non era.

L'occhio anatomico del professionista, abituato alle

malformazioni ma anche alla superba bellezza del corpo umano, restò incatenato al Problema Due: e Mina, con un brivido di sollievo che non avrebbe ammesso nemmeno con se stessa, seppe con certezza che l'uomo era assolutamente eterosessuale.

«Mammasanta» esclamò con un'intonazione dialettale che lei non gli aveva mai sentito. In quella parola c'erano deferenza, stima, considerazione professionale e una vena di commozione.

Mina balbettò, coprendosi con le braccia.

«No, sai, è che ho perso un bottone, poi un altro e... Ma se non ce l'hai non ti preoccupare, provvedo in qualche altra maniera. Grazie».

Domenico richiuse la bocca con uno scatto, restando col braccio alzato nonostante Mina avesse mollato la presa.

«Io non... u-un bottone, dici? Due, anzi. Certo, sì, come non crederci? Certo. U-un camice, dici. E già, mi pare la soluzione più... Ecco, adesso te lo prendo e...».

La piccola colluttazione e l'emozione avevano fatto sì che tutti e quattro, Mina, Mimmo e i seni di Mina, si affannassero un po'. I visi si avvicinarono, attratti da una irresistibile tensione, occhi negli occhi. Il mondo attorno a loro cessò di esistere, i rumori si spensero, le luci si abbassarono. Ci fossero stati gli angeli, avrebbero cantato.

Invece degli angeli si presentò Trapanese Giovanni detto Rudy, che entrò dalla porta senza nemmeno sognarsi di bussare con un passo di tip tap, sorridendo felice.

«Dottore', permettete. Ho le informazioni che vi servono, ho fatto presto perché abbiamo la fortuna che la cognata del barista di fronte abita proprio a vico Albanesi numero 50, al piano di sotto della famiglia Caputo. L'abbiamo convocata e subito è venuta, ci ha detto tutto ma non ha potuto aspettare perché teneva la carne sul fuoco e si sa che se non si controlla in continuazione il ragù si attacca. Ma io so tutto e posso riferirvi, eccomi qua».

Domenico rimase nella stessa posizione, gli occhi semichiusi, la bocca semichiusa, le mani semichiuse. Mina, furiosamente arrossita, fece invece un balzo di lato con effetto tellurico sul Problema Due, il che causò il visibilio di Rudy che rivolse un tacito ringraziamento all'Entità Suprema sia per aver creato, con evidente perizia, quella meraviglia, sia per aver consentito a lui, comune mortale, di assistere al movimento.

Mina disse, brusca:

«Allora, Domenico, quel camice? Perché Trapanese, qui, ha qualche notizia da darci».

Mentre il dottore faceva ritorno dal limbo, Rudy disse, come se avesse appena avuto la notizia della morte di tutti i suoi familiari:

«Il camice? Vi volete mettere un camice? E perché, dottore'? Oggi fa così caldo!».

Sembrava stesse per scoppiare a piangere.

XVII

L'uomo con gli occhiali si aggirava per la stanza come un turista, le mani intrecciate dietro la schiena, l'espressione critica.

Al maresciallo Gargiulo ricordava uno di quei vecchi che la mattina presto, o verso mezzogiorno, si aggirano all'esterno dei cantieri per verificare i lavori. Aveva sempre pensato che se un qualche ispettorato pubblico si fosse servito della rete dei pensionati per sorvegliare l'andamento delle opere pubbliche tutto sarebbe andato molto meglio.

Come temeva, il magistrato si soffermò sulla mensola dove c'era il vaso con le rose. Gargiulo emise un sommesso sospiro. Si sentiva come uno scenografo che si sottoponeva all'esame di un severo regista prima della rappresentazione, col cuore in gola per il terrore di aver sbagliato qualcosa di importante. Mosse il piede, nervoso.

Ai piedi del lungo vaso di cristallo c'era un petalo. Uno solo, caduto da quella che senza guardare da vicino Gargiulo sapeva essere la rosa più vecchia.

De Carolis annuì più volte, come se qualche segreto pensiero avesse avuto conferma. Il medico legale si sollevò dal cadavere riverso sulla tastiera del pianoforte. Ci aveva messo un po' a farsi strada tra quei lunghi capelli per arrivare al foro proprio in mezzo alla nuca.

Era un dottore anziano, con due baffoni spioventi e lenti da presbite sulla punta di un grosso naso. Pareva venuto fuori da un'illustrazione di un romanzo poliziesco dei primi decenni del secolo precedente.

«Che poi dico io, con questa chierica a disposizione perché non ha sparato là, che era assai più comodo?».

De Carolis si voltò, blandamente interessato.

«Perché dice che era più comodo, Blasi?».

Il dottore si succhiò i baffi, con un'abitudine disgustosa che Gargiulo avrebbe previsto, in qualità di eventuale legislatore, come reato da sanzione almeno amministrativa.

«Be', ha sparato dall'alto, mi pare evidente. Il tizio si trovava alle sue spalle, lui stava seduto a suonare. L'inclinazione del foro, la forma, mi pare che non lascino dubbi. Certo, per iscritto glielo metto quando avrò verificato in sede autoptica, ma glielo posso già dire».

De Carolis si avvicinò lentamente, guardandosi attorno. Dopo di che, assentendo come se avesse trovato conferma a un pensiero, disse gentilmente al dottore:

«Non stava suonando, Blasi. Stava componendo».

Il medico lo fissò acquoso al di sopra delle lenti, continuando a succhiarsi i baffi. Gargiulo potendo lo avrebbe arrestato.

Con tono piatto, come un professore universitario che interroga durante una lezione a caso, e senza voltare lo sguardo verso di lui il magistrato chiese all'improvviso:

«E perché, Gargiulo, sappiamo che stava componendo e non, per esempio, suonando qualcosa per i cazzi suoi o per chi lo ascoltava? Ma soprattutto, perché è importante saperlo?».

Blasi ebbe un impercettibile segno di sollievo, come uno studente che ha scansato una domanda difficile.

Gargiulo fece per tossire stizzoso, ma si controllò.

«La matita in mano, dottore?» disse stridulo.

De Carolis, dopo un lungo attimo, annuì visibilmente deluso dalla risposta corretta. Ma non sembrava disposto a rassegnarsi facilmente.

«Sì, certo, la matita è un segnale. E anche lo spartito in fase di scrittura, le cancellature, i richiami. Siamo d'accordo. Ma ripeto, la domanda è: perché è importante saperlo?».

Gargiulo fissò speranzoso il cadavere, come se il morto potesse girare verso di lui la faccia caduta sulla tastiera e suggerirgli la risposta. Blasi immediatamente si diede alla classificazione visiva dei dischi su una rastrelliera addossata alla parete.

Il maresciallo disse in un sussurro:

«Perché se stava componendo non avrebbe dovuto esserci nessuno, no?».

La forma interrogativa era un tentativo di ottenere una logica condivisione. Gargiulo si chiese per quale cazzo di motivo doveva sottoporsi a questo strazio ogni santa volta.

De Carolis lo fissava da dietro i dannati occhiali senza una dannata espressione, la dannata mandibola indurita sulla quale guizzava un muscolo indispettito, le dannate mani ancora intrecciate dietro la dannata schiena.

Gargiulo resse lo sguardo, allenato da anni di parate del due giugno, senza cambiare espressione. Che mi può fare?, pensava. Al di là di tirarmi l'orecchio fin dietro la lavagna, non può fare altro.

Il magistrato, dopo un attimo che per il carabiniere durò circa vent'anni, annuì.

«Esatto. Non avrebbe dovuto esserci nessuno. Nessuno. Ora, la domanda è: perché invece qualcuno c'era?».

Stavolta non parve aspettarsi una risposta, il che significava che non l'aveva neppure lui. Gargiulo, al pensiero, provò una tale soddisfazione che gli batterono leggermente i tacchi. Blasi si succhiò i baffi, spostando l'attenzione sullo schienale di una sedia addossata alla parete. Nemmeno lui ce l'aveva, la risposta: ma non si poneva il problema di trovarla. Lui era un medico, fuori dalla mischia.

De Carolis ricominciò ad aggirarsi, turistico. La scientifica aveva finito di spargere polverine, fare fotografie e mettere cartellini. Di spalle, osservando i nomi sui CD, il magistrato disse come tra sé:

«Musica seria, Carlo Boccadoro, Luciano Berio, Evangelisti, Dutilleux. Non certo facile, ma seria. Il ragazzo aveva ambizioni».

Gargiulo, ansioso di spostare il discorso su un territorio più semplice, salmodiò a mezza voce:

«Santoni Giuseppe, nato in città il diciotto di marzo del settantacinque, professione musicista. Questa è la sua residenza dalla nascita, la casa era del padre. Una marea di composizioni, dalle sinfonie alle sonate, perfino due opere liriche. Un unico successo, per così dire, una canzone che si chiama *Rapsodia sulla spiaggia...*».

Il medico legale s'illuminò istantaneamente:

«'Azzo, questo è l'autore di *Rapsodia sulla spiaggia*? Non ve la ricordate? Fece furore, credo fosse il duemilatre duemilaquattro, diceva: "senza pioggia e senza vento, tutta sole e sentimento, sulla spiaggia non lasciare questo amore in mezzo al mare..."».

De Carolis spostò lentamente lo sguardo da rettile dal volto di Gargiulo, interrotto a metà frase e quindi con la bocca aperta, a quello di Blasi che con quei baffi sembrava una rara specie di tricheco canterino. La voce, peraltro intonata, del medico andò scemando man mano che proporzionalmente aumentava il rossore sul suo volto. La cover di *Rapsodia sulla spiaggia* si concluse con un colpetto di tosse, e l'attenzione di Blasi tornò alla sedia addossata al muro.

Il magistrato si strinse la radice del naso tra due dita, alzando gli occhiali dalla loro sede naturale e scuotendo lievemente il capo.

«Io mi chiedo dove ho sbagliato. Dove. Per trovarmi qui, adesso, qualche errore l'ho fatto per forza. Mi domando quale».

Fece un vago cenno con la mano a Gargiulo, che continuò:

«A parte questo, una veloce ricerca su internet dei ragazzi in centrale dice che faceva piano bar e matrimoni, cose così. Accompagnava occasionalmente cantanti che venivano in città da fuori, o registrava a supporto. Si arrangiava, insomma».

De Carolis annuì, come se già sapesse tutto. Questo sminuiva quello che aveva detto Gargiulo, e naturalmente contribuiva alla crescita delle transaminasi del maresciallo.

Passeggiò per la stanza, mentre Blasi riponeva in fretta gli attrezzi nella borsa e faceva segno ai necrofori di entrare. Si soffermò davanti alle rose, e restò a fissarle a lungo. Poi passò il dito sul ripiano sotto al vaso, e si guardò con attenzione il polpastrello.

Dopo qualche istante disse:

«Gargiu', le hanno mai regalato dei fiori?».

Preso in netto contropiede, Gargiulo pensò incoerentemente che quella proposta su Macomer era stata da lui rifiutata con troppa fretta.

«No, dottore. A me mai. Se si escludono quelli di carta, perché mia moglie una volta mi regalò un maglione che era in una busta chiusa con un fiocco guarnito, appunto, da un fiore di carta. Era una specie di grossa margherita, coi petali...».

De Carolis si era voltato mantenendo il polpastrello all'insù, e fissava Gargiulo con l'espressione che aveva sempre quando meditava un provvedimento disciplinare. Il carabiniere chiuse la bocca istantaneamente, fissando una macchia d'umido sulla parete dietro al magistrato.

Nell'intervallo, presagendo catastrofi e non volendo prestare nuovamente la propria opera professionale a distanza di pochi minuti, Blasi salutò, si succhiò i baffi e uscì, seguito dal cadavere in una cassa d'alluminio. Rimasto solo col sottoposto, De Carolis disse:

«Ora, il signore qui defunto aveva avuto un po' di successo, nemmeno tanto, quindici anni fa, se non sbaglio. Avrebbe voluto ben altro dalla sua vita, lo dimostrano i dischi e gli spartiti che vedo qui, ma probabilmente a quarantatré anni quello che è fatto è fatto, e certo non sarebbe diventato più un Boccadoro».

Gargiulo, che non aveva la minima idea di chi fosse Boccadoro, annuì con convinzione.

De Carolis riprese.

«Quindi mi pare difficile che qualcuno gli regalasse le rose per pura e semplice ammirazione. E pure l'avvocato De Pasca, che lavorava e basta e non ha mai ricevuto una visita nelle venti ore al giorno che passava allo studio, era tutt'altro che un adone, anche se quando lo abbiamo incontrato non era nella sua forma migliore».

Gargiulo annuì ancora, non comprendendo minimamente la battuta.

«La signora casalinga, la moglie del tassista, magari era stata pure una bella donna ma ora era abbastanza in disarmo. Anche lì le rose c'entrano poco, mi pare. Né è emerso nulla che colleghi i tre, almeno finora. Sbaglio?».

Gargiulo batté i tacchi, istintivamente.

«Signornò, dottore».

De Carolis annuì, soddisfatto della risposta priva di assurde divagazioni.

«E però abbiamo quattro cose in comune: la Luger P08, salvo conferma della scientifica sul proiettile che estrarranno dalla fervida testa del musicista qui defunto. Il fatto che l'assassino ha sparato alla nuca, mentre le vittime erano tranquillamente occupate a farsi i cazzi loro; come se avesse il dono dell'invisibilità, e fosse in grado di arrivare alle spalle della gente senza farsi vedere».

Gargiulo sentì un brivido dietro la nuca, e dovette fare un terribile sforzo per non voltarsi di scatto. De Carolis alzò un terzo dito della mano sinistra, ferma restando la posizione del polpastrello dell'indice destro.

«Le rose, naturalmente: di età diversa come dimostrato da questo petalo e da quel bocciolo, la prima e l'ultima, alfa e omega».

Il carabiniere fece un incerto sorriso, nel dubbio che alfa e omega fossero una battuta.

«Ma ce n'è una quarta, Gargiu'. Qual è la quarta?».

Gargiulo pensò di estrarre la pistola d'ordinanza e di ammazzare prima De Carolis e poi se stesso, diventando la prima notizia del telegiornale per almeno un paio di giorni. Poi rifletté che non c'erano in giro sue fotografie soddisfacenti e desistette.

«No, dottore. Qual è?».

De Carolis sorrise, e lo spettacolo improvviso agghiacciò il carabiniere:

«Non lo ha notato, eh? Lo capisco, è naturale. Perché lo studio dell'avvocato era tirato a lucido, e anche casa della Capano era ben tenuta come ogni abitazione in cui c'è una donna che non ha un cazzo da fare. C'erano perfino le pattine all'ingresso».

Gargiulo restituì il sorriso, chiedendosi con crescente angoscia che minchia volesse dire il magistrato.

«Ma qui, Gargiulo? Qui, in questa casa immensa e lercia, con cinque centimetri di polvere in ogni stanza, ho controllato prima e lo so, con le lenzuola puzzolenti che non vengono cambiate da tempo? Qui, che in cucina sembra che sia conservato un quartetto di cadaveri? Come mai questa stanza, e solo questa che peraltro è la più frequentata e quindi quella che dovrebbe essere più sporca, è l'unica senza un filo di polvere? Eh? Come mai? Dica, dica, Gargiulo: come mai?».

Piagnucolando, lo stomaco stretto in una morsa, Gargiulo disse:

«Non lo so, dotto'. Non ne ho proprio idea».

De Carolis lo fissò a lungo come fosse un deficiente, poi disse con profondo disprezzo:

«Neanch'io».

XVIII

Il camice di Domenico «chiamami Mimmo» era ovviamente di misura eccessiva ma copriva quello che doveva coprire, riparando al danno fatto dalla camicetta di Greta. Mina aveva risolto come poteva, stringendo un po' i bordi e arrotolando le maniche, ma restava una lunghezza alla caviglia che le dava un aspetto monastico poco conciliabile con l'umore nero dell'assistente sociale.

Il nuovo castigato abbigliamento era stato interpretato da Rudy come un'offesa personale. Se ne stava seduto impettito sulla sedia, imbronciato, con lo sguardo che ogni tanto si posava sulla distesa di tessuto bianco che ingiustamente lo privava della vista paradisiaca che gli era toccata solo per pochi secondi. Si sentiva come un abile talent scout che, dopo aver fermamente creduto senza dimostrazione nelle capacità di un giovane artista o sportivo, avesse assistito per un attimo a una meravigliosa prestazione dello stesso, che poi però si era rifiutato di ripetersi. Lui adesso *sapeva*; ma non poteva dire al mondo: Ecco, vedete? Ve l'avevo detto!

Rivolgeva pertanto occhiate di rimprovero a Mina, responsabile della sottrazione, salvo però assumere un'espressione di malinconico affetto quando lo sguardo si posava sul camice prestato, provocandole ulteriore fastidio. All'assistente sociale ricordava il Brontolo di Walt Disney quando Biancaneve gli dà un improvviso bacio sulla pelata, e il volto perennemente incazzato di lui si scioglie in un dolcissimo sospiro innamorato.

Per quanto riguardava Domenico, la situazione era diversa. Il momento di imprevisto contatto fisico e di temporanea vicinanza, la magia degli occhi negli occhi e forse anche l'essere stato testimone di una femminilità prorompente che incredibilmente non aveva mai notato lo avevano sconvolto.

Il ginecologo era una persona molto semplice, un ragazzo di provincia che teneva ben separato l'ambito lavorativo da quello personale. Mai aveva avuto relazioni di alcun tipo che venissero dalla sua attività, e molto poco lasciava fuori dalla professione. Studiava sempre, anche a casa: non aveva amici, non usciva spesso in una città che non era la sua e che gli faceva un po' paura. Di Mina aveva una profonda stima, la vedeva come una solida, validissima collega con una grande applicazione per il lavoro. D'istinto gli piaceva e avrebbe voluto stabilire con lei una maggiore confidenza, ma siccome la donna non era evidentemente incline a stringere rapporti che andassero al di là del buongiorno e della buonasera si era andato rassegnando.

Ora però in pochi secondi era avvenuta una rivoluzione. Perché trovarsela là, in una curiosa posizione che sembrava quella di un ballo, sentirla sotto le mani, scorgere quell'incredibile seno seminudo che si sollevava per il respiro affrettato, tenere gli occhi in quegli occhi neri che tradivano un misto di collera e remissione, di abbandono e resistenza, di inerzia e di voglia di fuga lo aveva gettato in una condizione di assoluta confusione.

Perché Domenico, come Mina aveva appreso, era fidanzato.

Lo era fin da ragazzo, quando si era iscritto all'università sulla base di immensi sacrifici familiari e di una univoca passione per il lavoro di medico. Aveva incontrato una collega, Viviana, come lui animata dal sacro fuoco, e si erano messi insieme. La relazione durava da quasi vent'anni, le strade si erano distanziate per le differenti scelte ma il rapporto era rimasto, anche se ormai limitato a sporadiche, serali conversazioni via Skype. Viviana era diventata un medico senza frontiere, lavorava all'interno di missioni umanitarie in territori straziati da guerre o epidemie: fusi orari, precarietà di collegamenti e un atteggiamento missionario l'avevano inevitabilmente allontanata, e le scelte più consuetudinarie di Domenico avevano creato una situazione strana e triste in cui lui si sentiva inadeguato e lei si sentiva eccessiva.

Era difficile però mettere fine a un fidanzamento così antico. Domenico non avrebbe saputo come fare, e aveva paura di non avere più Viviana nella sua vita; probabilmente incideva anche il non sentire il bisogno di altro, e quindi nemmeno l'esigenza di liberarsi. E magari Viviana stessa, presa dalla grandezza di quello che faceva, non poteva fare a meno di quel punto fermo pur così lontano. Così si scambiavano quotidiani messaggi telefonici e si vedevano sul display del computer di tanto in tanto, sorridendo con un po' di malinconia e qualche imbarazzo.

Il medico, non avendo alcuna cognizione dell'attrattiva che esercitava sulle donne, aveva scelto quella specializzazione proprio perché non aveva tentazioni che potessero distrarlo. Né mai, a sua memoria, gli era accaduto di sentire quella stretta allo stomaco, quel languore alle gambe, quella debolezza nelle mani e quel turgore nel cavallo dei pantaloni che aveva provato trovandosi di fronte all'imprevisto panorama di quello che Mina chiamava il Problema Due. E non aveva idea di come gestirlo.

Tutta questa premessa per spiegare il perché della evidente disfunzione tra il sorriso che la bocca del dottore continuava a recare come esito di una paresi facciale e lo sguardo corrugato, che ben esprimeva il travaglio interiore. Faceva pensare alla maschera funeraria di un antico re, di cui lo scultore voleva che fossero ricordate contemporaneamente la fierezza in guerra e la benevolenza in pace.

Mina, da parte sua, ce l'aveva col mondo intero. Prima di tutto ce l'aveva con quella deficiente di Greta, che l'aveva messa in quella condizione per fare la spiritosa. Poi ce l'aveva con se stessa, per aver voluto così goffamente evitare il Problema Uno e non aver avuto nemmeno l'accortezza di prepararsi i vestiti la sera prima, potendo così guardare quello che prendeva dal cassetto. Ce l'aveva con Domenico «chiamami

Mimmo», perché aveva osato allungare la mano verso la sua fronte, come aveva potuto? Quel lungo sguardo fremente, a pochi centimetri l'una dall'altro, l'aveva profondamente scossa (anche perché lui le era sembrato assolutamente identico al Redford de *Lo spavaldo*, un film che era sicuramente tra i suoi preferiti). E più di tutto ce l'aveva, incoerentemente, con Rudy per aver interrotto una situazione in cui quell'uomo, lo sentiva, l'avrebbe baciata; il che molto probabilmente l'avrebbe costretta a mollargli una gentile ginocchiata nelle palline, se non altro per affermare il principio che se decideva di baciare qualcuno lo faceva lei stessa, oppure nisba; ma almeno avrebbe smosso una situazione di stallo che altrimenti, con piena insoddisfazione ma con grande comodità di entrambi, sarebbe durata all'infinito.

Il malumore insomma si tagliava con il coltello, nello studio del dottore. Mina, arcigna e sbrigativa, disse:

«Allora, Trapanese, ci racconti quello che ha saputo. E per favore, non ometta niente».

Rudy si schiarì la gola, rivolgendosi al seno destro di Mina di cui, come dotato dell'ultravista, immaginava i contorni meravigliosi sotto il camice.

«Sì, dottore'. Allora, Peppe, il barista di fronte, come sapete ha una cassiera, Deborah con l'acca, si deve precisare ogni volta perché ci tiene assai. Questa cassiera tiene una sorella che è sposata col fratello di Peppe, che non vi posso dire che lavoro fa perché Peppe è un amico e non lo voglio mettere in difficoltà. Questa sorella, Samantha con l'acca, è quindi sia la sorella di Deborah con l'acca che la cognata di Peppe, per via di suo fratello. In questo periodo purtroppo il fratello di Peppe si è dovuto un poco allontanare, perché ci stanno certi personaggi che vogliono fargli delle domande e lui, diciamo, non saprebbe cosa rispondere, e quindi...».

Mina alzò una mano:

«Trapane', io una cosa le avevo chiesto, e quella vorrei sapere. Non mi interessano le questioni familiari del barista di fronte. Se per favore si può limitare a dirci quello che ci serve, bene: altrimenti grazie lo stesso, e può andare».

L'uomo incassò il rimprovero sportivamente, e sorridendo ancora alle tette disse:

«Avete ragione, ma che volete, parlare con voi è troppo bello. Mi distraggo. Dunque, Samantha con l'acca momentaneamente lasciata dal marito, non nel senso che si sono separati, intendiamoci, ché si vogliono bene assai solo che lui è stato un poco sfortunato col lavoro, insomma Samantha è andata a vivere con i sette figli in un appartamentino sfitto che nemmeno si sa di chi è, l'hanno, come si dice... occupato, sì. Proprio a vico Albanesi, dove avete detto voi che abita questa famiglia Caputo».

Domenico annuì, soddisfatto:

«Bravo, Rudy. Sono proprio loro. Vada avanti».

Trapanese gli lanciò un'occhiata dubbiosa. Va detto che il portinaio nutriva l'intima convinzione della manifesta omosessualità del medico. Gli sembrava altrimenti inspiegabile come, con tutta quell'interminabile fila di donne che si accalcavano alla sua porta (cosa che peraltro gli risultava incomprensibile, non rilevando in lui alcuna attrattiva), non avesse due occhiaie da Panda gigante e non camminasse appoggiandosi al muro.

Tornò a rivolgersi alle mammelle di Mina.

«In verità vi devo dire che la casa è dei genitori di Caputo, a quanto riferisce Samantha con l'acca. Il figlio con la moglie, una negra del Messico, e la figlia stanno in due stanze dell'appartamento».

Mina scattò, alzando la voce:

«Oh, Trapanese, ma come si permette? Certi termini qui dentro non si usano, va bene? A parte il fatto che la signora Ofelia Ramirez è peruviana e non messicana, lei non può chiamarla così!».

Rudy sbatté le palpebre, senza comunque staccare gli occhi dal torace di lei.

«Scusate, dottore', ma che ho detto? Io mica l'ho chiamata zoccola, ho detto solo che è messicana! Mi sono sbagliato, anzi si è sbagliata Samantha con l'acca, non è colpa mia!».

Mina allargò le braccia, esasperata.

«Vada avanti, Trapanese. Per carità, vada avanti».

«E allora, pare che siano brave persone, i due vecchi. Lui parla poco, lei è grassa e tiene le vene varicose e le calze elastiche, quindi si muove poco e male ma non sono cattivi. Dice Samantha con l'acca che la negra e la negretta sono simpatiche e gentili, si fermano a parlare e la bambina gioca con una delle sue figlie, tutto bene, insomma».

Domenico, che non aveva tolto il corrugato sguardo dal profilo di Mina che invece mai si era voltata verso di lui, disse:

«Rudy, a noi però interessava del marito della neg... della signora peruviana. Di lui non si è saputo niente?».

Il portinaio fece un largo, sdentato sorriso.

«Eh, qua la cosa si fa interessante, dotto'. Perché dice che proprio ieri sera il tizio, questo Alfonso che non si è capito che cosa fa per campare, viaggia sempre e non doveva tornare a quanto sapeva Samantha con l'acca, invece è tornato. E ogni volta che torna all'improvviso succede Montevergine, Samantha con l'acca e i figli, quelli con l'acca e quelli senza, sentono urla e rumori vari».

Mina e Domenico si guardarono con circospezione (il mancato bacio vibrava tra loro come un losco segreto), ma anche con nuova intesa. Lei disse, con dolore ma anche con soddisfazione per la conferma dei propri sospetti:

«Quindi è vero che è un violento».

Rudy si grattò il mento, dubbioso.

«Ma insomma, dottore', non sarei così sicuro, può essere anche che a essere violenta sia la negra. Io conosco il commesso di un negozio di Chiaia che la moglie gliele dà di santa ragione due volte al giorno, a pranzo e a cena subito prima dei pasti, perché dice che un uomo che lavora nel settore dell'abbigliamento femminile dev'essere per forza un maiale. Non si può mai dire, secondo me. Anche perché questi negri, per carità a volte sembrano persone normali, ma altre si comportano come da loro. Come nella giungla, insomma».

Mina si alzò in piedi, furiosa.

«Trapane', io non la voglio più sentire né tantomeno risponderle! Che schifo, un razzismo così proprio qua dentro, che cosa disgustosa!».

Rudy cercò conforto in Domenico.

«Ma perché, dotto', che ho detto? Io penso solo che senza conferma, e Samantha con l'acca questa conferma non ce l'ha, non si può mai dire, vi pare? Nessuno l'ha mai visto Caputo picchiare la moglie, né la moglie picchiare a lui se è per questo: ma certo lei è negra, quindi qualcosa di strano la deve pur avere, no? Mica è colpa mia!».

Prima che Domenico potesse rispondere, si sentì bussare alla porta.

Che si aprì per lasciare entrare Flor, che aveva un largo ematoma sotto l'occhio.

La ragazzina fece un passo nella stanza, poi disse in tono neutro:

«Mia madre è in ospedale, e non mi lasciano entrare per vederla. Per favore, qualcuno mi ci può accompagnare?».

XIX

La porta si aprì stancamente, con un cigolio. Se qualcuno avesse ascoltato dalla stanza in fondo al corridoio, avrebbe sentito dei passi che si avviavano anch'essi stancamente dall'ingresso. Ma nessuno ascoltava.

La sera era ormai subentrata al pomeriggio, e dalla tapparella semichiusa filtrava la luce dei lampioni al posto di quella del sole morente.

Rumori dall'esterno: urla in dialetto di ragazzini impegnati nella fine della partita. Il pallone che risuonava ritmico su una saracinesca chiusa da tempo immemorabile, diventata ormai una porta da calcio in servizio permanente effettivo. Il richiamo delle donne dai balconi, che urlavano invettive e minacce all'indirizzo dei figli attesi a cena. Una gara di scooter dal motore fraudolentemente potenziato e dalle marmitte private dei diaframmi. Televisori blateranti e cantanti e lamentanti, da ogni direzione. Un neonato che urlava come se lo stessero scannando.

Rumori dall'interno: nessuno, salvo un respiro profondo e rasposo, umido e catarroso.

Odori dall'esterno: molti tipi di cucina, anche speziata ed esotica, di molte origini e molte nazioni. Gas di scarico. Un tanfo di decomposizione, che restava nella gola come un presagio di sventura.

Odori dall'interno: urina, soprattutto. Cipolle del giorno precedente, un detersivo per pavimenti di basso costo.

I passi stanchi arrivarono davanti all'ingresso della stanza, illuminata dal bagliore azzurrino di un televisore acceso col volume azzerato. L'attimo si prolungò per un tempo che né alla persona all'interno né a quella all'esterno apparve in qualche modo quantificabile. Una sospensione infinita al di fuori di ogni parametro di confronto, un'ora, due, un minuto o dieci secondi.

Poi il passo riprese, e le due persone finirono per essere nella stessa stanza. Quella che era già dentro non disse niente. L'altra, arrivata dall'esterno, invece parlò.

«Eccoti qui. Ancora respiri, chissà se puoi sentirmi. Com'è andata la giornata? Già, non ha molto senso chiedertelo, immagino. Come le altre, no? Come tutte le altre».

Andò al comodino, prese un bicchiere e lo riempì. Poi si avvicinò alla poltrona e con attenzione estrema fece bere all'altra persona dell'acqua, aggiungendo una compressa blu e successivamente una rossa. Dalla poltrona vennero due cavernosi colpi di tosse. Ci fu un'ulteriore sospensione del tempo, stavolta la stessa aria viziata della stanza sembrò tremare di terrore. La figura in poltrona deglutì, e il respiro profondo riprese il suo ritmo.

L'altra ripose il bicchiere sul comodino, come temendo di romperlo. Il vetro tintinnò brevemente, tradendo un tremito. Poi si avvicinò alla poltrona e cominciò una lenta operazione di svestizione e di rimozione di un pannolone intriso di escrementi e urina. L'aria si impregnò ancora di più di quel miasma, ma chi si occupava di quel compito apparentemente ingrato non sembrava provare alcun disgusto.

Cominciò invece a parlare, come se stesse raccontando una favola.

«Sai, oggi ne ho ammazzato un altro. Il musicista, ricordi? Santoni, era così bravo, tutti trattenevano il fiato quando suonava. Che meraviglia. Adesso invece il fiato lo trattiene lui, sai? E lo tratterrà per sempre. Non è buffo?».

Cominciò a ridacchiare, e non c'era suono o rumore all'esterno o all'interno, dai balconi della piazzetta o in strada, negli androni in cui si spacciava la morte o dietro le mura dove se la iniettavano nelle vene, nei vicoli dove brillavano i coltelli o negli appartamenti ai primi piani dove si vendeva sesso: non c'era suono che fosse più agghiacciante della risata sorda dell'assassino nella stanza dal respiro profondo.

«È stato facile, sai. Niente di che, non si ha idea di cosa è capace la gente per risparmiare due euro. E ti lasciano fare, senza nemmeno immaginare. Una ventina d'anni fa, prima di permettere a uno sconosciuto di entrare in casa ci si pensava mille volte, non una. Adesso ti spalancano la porta, a titolo gratuito».

Il respiro profondo si bloccò per un istante, poi riprese. La voce ricominciò a sua volta, suadente, quasi salmodiante.

«Certo c'è la questione delle rose, quella in teoria è pericolosa. È anche una fatica, accertarsi che le riceva-

135

no, una al giorno e a distanza di pochi giorni tra una vittima e l'altra, per darmi il tempo di fare quello che devo fare. Ma senza le rose non significherebbe niente, ti pare? Le rose sono fondamentali. Erano la tua parte, qualcosa di indimenticabile. Le rose dicono tutto».

Dalla bocca del respiro profondo sfuggì un lento, lungo lamento. La voce si interruppe, una mano preoccupata nella penombra si affrettò a toccare la fronte davanti a sé, la trovò sudata e ghermì un ampio asciugamani.

«Allora io preparo le rose come ti ho raccontato. Do qualche moneta a un passante, un bambino, una ragazza, un nero, e la faccio consegnare, mai dalla stessa persona, in genere al portiere, e se non c'è la faccio infilare nella buca della cassetta della posta. Oh, non lascio la cosa al caso, come si dice. Mi metto là e aspetto che venga ritirata dalle mani del destinatario. Dodici rose, non una di più, non una di meno. Rosse, gambo lungo. Una spesa, sì, ma ti ripeto: non si possono evitare, le rose».

Il pannolone sporco fu appoggiato sul foglio di un giornale, aperto precedentemente sul pavimento vicino alla poltrona. La persona dalla voce suadente si alzò con un po' di fatica, andò in bagno e riempì una bacinella d'acqua. Poi tornò nella stanza e iniziò a pulire con estrema delicatezza le parti intime della figura accomodata in poltrona, che non diede segni di gradimento né di fastidio.

La voce riprese.

«Con l'avvocato è stato complicato. Io nemmeno me lo ricordavo bene, sai? Eppure avrei dovuto, aveva anche la funzione di organizzare, di dare i ruoli. Non ho ben capito perché abbia scelto di fare quel mestiere, in maniera tanto ossessiva, dalla mattina presto alla sera tardi. Temevo non accettasse, con tutti i soldi che faceva e che non spendeva, e invece ovviamente quelli così sono i più tirchi, quindi ha detto subito di sì. E le rose, chissà chi pensava gliele mandasse».

Ridacchiò, con un suono che sarebbe stato agghiacciante per chiunque l'avesse udito.

«E la Capano? Lo so, te l'ho già detto, ma mi devi credere: un degrado pazzesco. Ti ricordi quant'era bella? Un'eleganza naturale, una classe, un modo di muoversi che ricordava una principessa. E invece era diventata uno straccio, secca e rugosa, pochi capelli, irriconoscibile. E zero cura di se stessa, nessuna attenzione. Ma già, con un marito che fa il tassista e un figlio che si fuma l'impossibile ogni sera, non c'è certo da sperare in un futuro».

Finita la pulizia, cominciò l'asciugatura. Lenta, attenta, coscienziosa.

«Devo asciugarti bene, se no ti infiammi. Ti succede sempre».

Un pannolone nuovo, preso da una confezione aperta e riposta sotto il letto.

«Tanta cacca e tanta pipì, amore mio. Sai come diceva mia nonna? Finché si fa tanta cacca e tanta pipì, si sta bene. Ci si deve preoccupare quando non si va più di corpo. È allora che è finita».

L'adesivo attaccato, la stabilità saggiata. La voce riprese:

«E nel suo caso le rose sono state accettate in un altro modo. Secondo me sperava di avere un corteggiatore, qualcuno che prima o poi sarebbe arrivato da lei per portarla via, e tanti saluti al tassista. Invece le è arrivato un colpo di pistola dietro la nuca. Come agli altri. Come al musicista, anche lui ridotto maluccio per la verità, nonostante fosse convinto di essere un grande artista, destinato a un futuro luminoso».

Alzarsi, andare all'armadio, aprirlo, tirare fuori dal cassetto un pigiama pulito.

«La cosa sorprendente comunque non sono le rose, tutte là in bella mostra, né il fatto che mi facciano entrare tranquillamente. La cosa sorprendente è il colpo. Il rumore che fa. Quella dannata pistola antica fa un frastuono bestiale, mi aspettavo fin dalla prima volta che, tempo tre secondi, una dozzina di vicini avrebbe cominciato a bussare alla porta, ehi, là dentro, ma che sta succedendo?».

Infilò il pantalone del pigiama, la giacca sbottonata era sul letto.

«E invece, amore, niente. Niente di niente. Ma che mondo è, quello in cui ognuno si fa gli affaracci suoi senza nemmeno chiedersi che succede se sente sparare sul pianerottolo? Avrei potuto usare una mitragliatrice e sicuramente nessuno avrebbe messo il naso fuori dalla porta. Incredibile».

La giacca venne fatta indossare con qualche intoppo, una manica incastrata tra la spalla e lo schienale della poltrona. Un altro lamento sordo.

«Comunque abbiamo quasi finito, come sai. Ne mancano due. Una dopodomani, credo, e poi l'ultima. Mi dà pensiero, è una persona curiosa. L'unica alla quale non ho visto ritirare le rose, ma con certezza le ha ricevute. Non c'è dubbio. Chissà chi pensa che gliele abbia mandate. La gente, alla fine, non ricorda. Non ricorda mai».

La televisione spenta. Il corpo gracile sollevato dalla poltrona e steso sul letto. Il lenzuolo a coprire. La voce riprese dall'altro cuscino, con tenerezza infinita, mentre una mano accarezzava un volto seguendo la linea di naso e di fronte. Il respiro profondo diventò ancora più profondo.

«Riposa, amore mio. Riposa. Tra poco tutto sarà finito».

Uno sportello da qualche parte si chiuse, e un'automobile partì, quasi coprendo l'ultima frase prima degli incubi.

«Anche la vendetta».

XX

Arrivarono di corsa all'ospedale, che non distava molto dal palazzo del consultorio, una decina di minuti a passo svelto: ce ne misero meno di sette.

Avevano chiuso la porta praticamente in faccia alle fan di Domenico, dopo una breve discussione su quale fosse la maniera migliore di dividersi i compiti. Secondo Mina sarebbe stato meglio che Domenico rimanesse in ufficio con la bambina, per cercare di sapere da lei qualcosa di più su quello che era realmente accaduto.

Il dottore però, fissando la donna con insolita fermezza, aveva detto:

«No. Primo, perché essendo un medico avrò maggiore facilità di ricevere informazioni sullo stato della paziente. Secondo, perché voglio accertarmi personalmente del tipo di ferite, per capire bene cosa è successo. Terzo, e più importante, perché decido io per me come decidi tu per te».

Mina era rimasta a bocca aperta: le pareva di trovarsi davanti il Redford di *Corvo Rosso non avrai il mio scalpo*, uno dei suoi film preferiti. In lei si produssero immediatamente tre sensazioni, manco a dirlo in aperto contrasto tra loro.

140

La prima era la tentazione di una vibrata protesta per quel tono brusco e imperativo: come si permetteva questo dottorino, abituato a frugare tra le gambe di miagolanti finte malate, di venire a dire a lei, che combatteva contro le brutture di quel quartiere da anni, cosa era meglio fare o non fare?

La seconda era l'ammissione della correttezza del ragionamento di lui, il che la faceva incazzare come raramente ricordava di essersi incazzata ma di fatto annullava la tentazione della protesta di cui al punto precedente.

La terza sensazione era più profonda e personale, ed era una gran brutta sensazione: quella che il casuale contatto fisico e la vista offerta dalla dannata camicetta di Greta avessero cambiato per sempre il rapporto, sin là mantenuto con gran cura da lei su una linea di fredda e formale professionalità e ora inevitabilmente spinto su un territorio scivoloso, oscuro e molto pericoloso. L'idea le fece paura, ma le procurò anche un equivoco crampo nel ventre.

Non volle togliersi il camice protettivo, dando l'impressione ai passanti di essere una via di mezzo tra un'infermiera e una suora senza velo. A Flor dissero di andare a casa e di aspettare là. Le chiesero anche se aveva paura, e se il padre oltre al livido sulla faccia le avesse fatto altro: in quel caso naturalmente il problema avrebbe avuto altra veste, perché avrebbero potuto immediatamente coinvolgere la polizia.

La bambina però era stata categorica.

«No, mio padre non mi tocca mai. Se la prende solo con mia madre. Il colpo in faccia è perché mi sono messa in mezzo, se no stavolta l'ammazzava sul serio. Oggi non c'è per tutta la giornata, ma stasera torna. Se sa che mia madre è andata in ospedale fa il pazzo. Vi prego, ditele di tornare a casa. Io ho provato ad andare da lei, ma non mi fanno entrare».

All'ingresso del pronto soccorso c'era un sonnacchioso infermiere, con le cuffiette nelle orecchie e la testa che ciondolava al ritmo di chissà quale canzone neomelodica. Al frenetico bussare sul vetro di Mina si tolse controvoglia l'auricolare destro, si massaggiò il padiglione col mignolo e chiese che volessero.

«Qualche ora fa è stata portata qui una donna, Ofelia Ramirez o Ofelia Caputo, se è stata registrata col nome del marito. Potete dirci dov'è e come sta?».

L'infermiere sbuffò con evidente fastidio:

«Voi siete parenti?».

«Veramente no, ma siamo...».

«Signo', noi queste informazioni non le possiamo dare, ognuno tiene i guai suoi. Mi dispiace, mettetevi là e aspettate che esce. Se esce».

Domenico fece un passo avanti e a muso duro si qualificò in tono categorico e brusco, provocando in Mina un secondo crampo meno equivocabile e la convinzione che fosse identico, ma proprio identico al Redford di *Ucciderò Willie Kid*, film che aveva visto una mezza dozzina di volte.

«Adesso per favore chiami il mio collega che si sta occupando di questa paziente. E le consiglio di farlo immediatamente, perché ha proprio ragione: ognuno tiene i guai suoi. Quelli vecchi, e quelli che si va a cercare».

Il linguaggio della minaccia, ancora più preoccupante perché proveniente da uno sconosciuto potenzialmente pericolosissimo, sortì un effetto immediato. Il tizio scattò all'impiedi, e mentre l'auricolare sinistro riconosceva autonomamente il momento di farsi da parte e si sfilava dall'orecchio, si avviò di corsa all'interno del reparto.

Nemmeno il tempo di scambiarsi uno sguardo imbarazzato che dalla porta automatica emerse una dottoressa dall'aria sfatta, con un camice stazzonato e lo stetoscopio attorno al collo. Aveva profonde occhiaie e dimostrava certamente almeno una decina d'anni in più di quelli che realmente doveva avere. L'espressione seccata e l'andatura determinata lasciavano intuire il fastidio di essere stata chiamata in quel luogo plebeo, l'accettazione del pronto soccorso.

Non aveva tutti i torti, perché una mezza dozzina di parenti che dormicchiavano in attesa degli eventi balzò in piedi come un sol uomo, alla vista di qualcuno che forse poteva fornire informazioni.

L'infermiere degli auricolari senza più gli auricolari alzò una mano secondo quello che evidentemente era un segnale convenuto, perché tutti ricaddero a sedere di nuovo inanimati. Non era il loro momento.

La dottoressa si avvicinò, evidentemente irritata. Alla vista di Domenico subì una spettacolare metamorfosi, che portò Mina a chiedersi come cacchio fosse possibile vivere una vita normale accompagnandosi a un uomo che aveva un potentissimo afrodisiaco incorporato nei lineamenti.

Le mani uscirono dalle tasche del camice e muovendosi a una velocità prossima a quella della luce in meno di mezzo secondo lisciarono il tessuto, allargarono i bordi che celavano una poco rilevante scollatura, aggiustarono i capelli che poltrivano in diverse incontrollate direzioni e sistemarono gli occhiali sul naso.

Con un sorriso luminoso che era in clamoroso contrasto con la precedente espressione, e in un tono profondo che voleva essere sexy ma restava ospedaliero, disse:

«Salve, sono la dottoressa Rinaldi del pronto soccorso. Che posso fare per voi?».

Aveva detto «voi», ma lo sguardo non si era mosso di un millimetro dalla bocca di Domenico.

«Piacere, collega, sono Domenico Gammardella, ginecologo presso il Consultorio Quartieri Ovest, conoscerai senz'altro la struttura, comunque puoi chiamarmi Mimmo».

La Rinaldi, che non solo non aveva mai sentito parlare del consultorio ma che nemmeno ne sospettava l'esistenza, annuì convinta.

«Ah, ma certo, il Consultorio Quartieri Ovest, come no. Ciao, Mimmo, è un vero piacere».

Mina scalpitò, e Domenico la presentò.

«Lei è la dottoressa Settembre, responsabile dei servizi di assistenza sociale del consultorio. Siamo qui per...».

Mina, che attendeva un minimo invito a intervenire, prese la parola.

«Dovreste avere da voi una donna di origine peruviana, Ofelia Ramirez. Abbiamo ragione di credere che sia stata oggetto di violenza domestica, e vorremmo sapere...».

Senza spostare lo sguardo da Mimmo e continuando a sorridere, la Rinaldi la interruppe.

«Vorreste sapere. Certo. Violenza domestica, come no. Ho presente questa Ramirez, è una cliente affezionata. Ci vediamo spesso, credo di averla visitata almeno tre volte quest'anno. È una donna molto sbadata».

Mina fece per rispondere, ma Domenico l'anticipò.

«Mi sai dire prima di tutto come sta?».

La dottoressa si strinse nelle spalle.

«Be', più o meno il solito. Un ematoma sul collo, un altro grosso sulla spalla. Contusioni varie sugli avambracci, una lacerocontusa sulla fronte, senza bisogno di punti. Ah, una bella botta al femore della gamba destra. Una new entry».

Un muscolo cominciò a guizzare sulla mandibola del ginecologo.

Mina disse, secca:

«Ha detto che è una donna sbadata, dottoressa. Perché?».

La donna rivolse uno sguardo all'assistente sociale. In quegli occhi, spogliati del fascino di Domenico, c'erano stanchezza e sarcasmo.

«Perché? Non lavora nei Quartieri Spagnoli, lei? Perché la signora Ramirez appartiene alla vasta schiera delle donne che vengono qui perché sono scivolate, cadute per le scale, inciampate nel tappetino della doccia, vittime di una colluttazione col gatto di casa. Almeno così dicono, in pieno accordo con quei santi dei mariti, dei fidanzati, dei figli. Noi le chiamiamo le Sbadate. Ovviamente nemmeno una denuncia a pagarla a peso d'oro, avete voglia di pregarle, di cercare di convincerle. Niente. Sono caduta, dottore'. Sono caduta, e per cortesia fatevi i fatti vostri».

Mina e Domenico restarono in silenzio, vibrando di frustrazione. Alla fine il dottore disse:

«Possiamo vederla?».

La Rinaldi fece una smorfia.

«Non c'è bisogno di entrare, tra un minuto esce lei. Ho finito di medicarla, sta raccontando i termini del casuale infortunio al responsabile del posto di polizia. Certo si dovrebbe fare qualcosa per quelle scale del palazzo, non credete? Un'altra caduta così e la poverina ci rimette le penne. Sempre se non la strangolo io prima, per la rabbia».

Con un cenno di saluto a Mina e un sorriso radioso a Mimmo la dottoressa rientrò dalla porta automatica. Passò qualche attimo e la videro riaprirsi, lasciando uscire con passo malfermo Ofelia. Aveva una medicazione sulla fronte, una garza tenuta da un cerotto, e si intravedeva una macchia violacea emergere sul collo dall'orlo del soprabito.

Sul volto un'espressione di profonda malinconia, forse di disperazione, che si trasformò in un misto di terrore e diffidenza quando riconobbe Mina e Domenico nelle due persone che l'aspettavano.

Per un attimo valutò di rientrare nel reparto, ma la porta automatica si era già richiusa alle sue spalle e nonostante fosse una habitué del luogo non le era stato ancora fornito un badge.

Con un sospiro li affrontò.

«Che ci fate qui? Io non ho bisogno di niente, sto bene, grazie».

Mina le rispose a muso duro. Era veramente arrabbiata. A Domenico sembrò bellissima, e si sentì immediatamente in colpa nei confronti di Viviana che in quel momento magari rischiava la vita nel Darfur, a Timor Est o in chissà quale posto sperduto.

«Quante altre volte deve succedere, Ofelia? Che cosa sta aspettando, che l'ammazzi? E qual era la colpa terribile stavolta, quella di aver portato sua figlia a fare una visita?».

La donna distolse lo sguardo e rispose:

«Non so di che cosa parla, signora. Io sono caduta per le scale di casa, come ho appena detto al poliziotto in servizio. Ho firmato e mi hanno fatto uscire. Tutto qui».

Domenico sospirò, scuotendo il capo. Pensò che è difficile aiutare qualcuno suo malgrado. Mina invece reagì ancora più rabbiosa, passando a un tu che sapeva più di disprezzo che di commiserazione.

«Tu pensi solo a te stessa, vero? Ti senti eroica perché non denunci quel vigliacco, perché sopporti, credi di essere una santa. Ma non ti rendi conto del male che fai a Flor, che è venuta da noi stamattina con un livido sulla faccia e la paura nel cuore? Non ti rendi conto che così sarà una donna come te, in mano a chissà chi?».

147

Ofelia rialzò lo sguardo con un nuovo terrore dentro di sé.

«Un livido? Come... Un livido sulla faccia? E quando se l'è... Ha preso anche lei, vero? O si è messa di mezzo... non mi ricordo. Non mi ricordo più».

Domenico la sostenne, perché aveva avuto l'impressione che stesse per cadere.

«Signora, non è più il momento di cercare di tenere in piedi la situazione. Certe cose, mi creda, non si riparano: possono solo peggiorare. Al mio paese, una volta... Lasciamo perdere. Ma se non vuole il male di sua figlia, deve decidere di fare qualcosa».

Ofelia stava piangendo silenziosamente. Le lacrime le scorrevano sulle guance in un flusso oleoso e continuo, come se fossero crollati due piccoli argini dietro gli occhi. Si mordeva il labbro inferiore e scuoteva piano la testa.

Alla fine disse, guardando nel vuoto tra entrambi:

«Avete ragione, prima o poi mi ucciderà. È sempre peggio, ogni volta sposta il limite. Ma io non posso denunciarlo. Sarebbe inutile, gli basterebbe anche una sola occasione e mi ammazzerebbe, o lo farebbe fare a qualcuno dei suoi amici delinquenti. Purtroppo non posso. Adesso se permettete devo andare a casa. Devo vedere come sta la mia bambina».

Si avviò malferma ma decisa. La lasciarono passare.

Domenico disse, quasi tra sé:

«Non ci posso credere che non si può fare niente. Non ci posso credere che la polizia non possa intervenire, senza una denuncia».

Mina fissava il vetro dietro il quale l'infermiere aveva ripreso la sua jam session auricolare. E rispose.

«La legge magari senza una denuncia non può risolvere il problema. Ma non vuol dire affatto che non si possa fare niente...».

XXI

Il telefono sulla scrivania squillò con discrezione, un suono basso e melodioso impostato per non essere invadente. L'uomo che occupava la poltrona stava illustrando l'ammortamento di un mutuo ipotecario a una coppia cui era decisamente difficile spiegare le cose, lei giovane, intelligente e ucraina con poca consuetudine con la nostra lingua, lui anziano, ottuso e italiano con poca consuetudine con la nostra lingua.

La conversazione procedeva perciò con difficoltà, essendo la matematica e la composizione delle rate tra interessi e capitale di complesso approccio per menti normali e con comunicazione nella stessa lingua, figurarsi con quelle barriere idiomatiche. L'uomo però era stato opportunamente addestrato, ed esser giunto a occupare quella scrivania significava avere per anni combattuto con ominidi di ogni genere e con donne equivoche, o viceversa, da uno sportello o dietro una cassa in comuni dell'hinterland dove chi conquistava una licenza media inferiore veniva additato come un pericoloso intellettuale.

La targhetta sistemata davanti a lui recitava: *De Luca Luigi – Vicedirettore*. L'agenzia era piccola, certo, ma quella parola era proprio bella da leggere. Il suono modulato continuò, facendo da fastidiosa colonna sonora alla mascella pendula e allo sguardo spento dell'anziano e agli occhietti vispi della signora che continuavano ad andare dai numeri alla penna alla targhetta, valutando quanto e se fosse conveniente sedurre chi concedeva i mutui invece di chi doveva pagarli per trent'anni.

Rassegnato all'insistenza, con un aggraziato movimento delle spalle che fece capire immediatamente all'ucraina che conveniva non provarci nemmeno, chiese scusa e alzò la cornetta.

«Banca Cooperativa, sono De Luca, vicedirettore. In cosa posso essere utile?».

Una voce di uomo bassa e affettata rispose, con tono dolcissimo:

«Non un vicedirettore qualsiasi. Il vicedirettore più sexy del mondo, per l'esattezza».

Come se i due dall'altra parte della scrivania potessero sentire, De Luca arrossì e lanciò loro un'occhiata. L'uomo continuava a fissare senza attività cerebrale il foglio con le cifre, la donna lo scrutò curiosa avendo rilevato immediatamente il rossore, uguale a tutte le latitudini.

«Ah, salve. Sì, in questo momento sono in riunione, ma mi dica pure: che posso fare per lei?».

La voce dall'altro capo del filo ridacchiò chioccia.

«Hai gente davanti, vero? E non preferiresti me, davanti? Ma anche dietro o di lato, se è per questo. Lo sai, a noi due piace sperimentare».

Il vicedirettore più sexy del mondo si passò un dito nel colletto.

«Questo certamente, ricordo benissimo. E mi creda, è sempre un vero piacere. Ma mi dica pure».

«Quanto mi piace dirti porcherie al telefono mentre lavori, amore, lo trovo intrigante. A te non fa eccitare? Scommetto che sei eccitato. Sei eccitato? Dimmelo. Devi dirmelo, su».

Dal tono si intuiva il broncio. De Luca sospirò, sorridendo alla coppia e mimando «un attimo, scusate» con il labiale.

«Ah, ma certo. Certamente, glielo assicuro. Però le ripeto, in questo preciso momento non posso...».

«Guarda che se non mi dai un po' di corda la prossima volta non ti faccio quel giochetto che ti piace tanto. Hai presente quale, vero?».

De Luca si sistemò i capelli con un gesto nervoso.

«Sì, sicuramente sì. E le assicuro che non c'è da parte mia la minima intenzione di tirarmi indietro rispetto alla... concessione che abbiamo deliberato. Ma le ripeto, in questo momento...».

La donna si sistemò meglio sulla sedia. Capiva una parola su tre, ma conosceva benissimo il linguaggio del corpo e sapeva perfettamente cosa stava accadendo. Era meglio di una puntata di *Onore e tradimento*.

«Non ti voglio disturbare, amore» disse l'uomo dall'altra parte, «ma ti volevo sentire proprio in questo momento, e non in un altro. Ho ricevuto la dodicesima rosa, e...».

De Luca corrugò la fronte.

«Quale dodice... Non capisco, che vuole dire?».

L'ucraina si fece attenta. Coi perfetti tempi di recitazione, ecco il momento del colpo di scena. Diede una gomitata all'anziano, che sembrò risvegliarsi da un coma vigile.

«Dai, non fare lo stupido» disse la voce. «So benissimo che mi stai dimostrando a modo tuo, con quella dolcezza silenziosa tipica del tuo carattere, che mi ami. E ti voglio dire che l'ho capito».

L'anziano, che stava ancora cercando di comprendere il motivo per il quale avrebbe dovuto restituire tre volte la somma che riceveva, sbatté le palpebre e guardò sorpreso la compagna, massaggiandosi il fianco sgomitato.

De Luca scosse il capo, come se l'interlocutore potesse vederlo.

«No, guardi, ci dev'essere un equivoco, perché io...».

«Inizialmente non potevo crederci: una al giorno, rosse a gambo lungo come piacciono a me. Recapitate ogni volta da una persona diversa, lasciate davanti alla porta quando sono fuori. Non esiste niente di più romantico, amore mio. Niente».

De Luca rivolse un tirato sorriso di scusa alla coppia, indicando due con le dita: i minuti di pazienza che chiedeva ancora.

«Senta, dottore, questa cosa va approfondita. Le assicuro che dovremmo parlarne da vicino, perché io...».

«E ti dico un'altra cosa: trovo meraviglioso che tu abbia fatto questo riferimento simbolico tanto delicato a una cosa così vecchia, e tanto importante per i miei esordi. Le dodici rose! Pensa, quasi non ci credevo. Ho

153

voluto aspettare oggi, per vedere se arrivava l'ultima, ed è puntualmente arrivata. Ho creduto che il cuore mi sarebbe scoppiato per la tenerezza!».

La donna fissò accigliata il compagno che si riscosse, fece un cenno di assenso e si picchiettò sull'orologio guardando storto De Luca.

«Dottore, mi dispiace ma devo lasciarla. La richiamo non appena...».

«Certo, amore. Certo. Ma era proprio adesso che volevo dirti che sì, accetto la tua proposta. E su queste dodici rose rosse, che fanno capire quanto sia grande quello che c'è fra noi, io ti giuro che sarà per sempre. Accetto la tua proposta di vivere insieme, qui da me».

Facendo segno ai due clienti di restare seduti, De Luca disse:

«Ah, grazie, dottore, che bella novità che mi sta dando, spero davvero di essere all'altezza di questa notizia. Però, mi scusi ancora, devo prestare attenzione a questi due gentilissimi clienti che...».

Dall'altra parte ci fu una risatina aggraziata e in falsetto che si sentì distintamente al di là della cornetta. Un barlume di tardiva comprensione passò per il volto dell'anziano, che inclinò il viso osservando De Luca con una nuova attenzione.

«Va bene, amore mio. Va bene. Corri qui appena hai finito il lavoro, e ti farò trovare un...».

La frase si spezzò di colpo con un rumore secco. De Luca allontanò il telefono dall'orecchio e lo fissò come se fosse diventato un oggetto incomprensibile. Poi lo riportò di nuovo in posizione, ma l'unica cosa che sentì fu il silenzio.

«Pronto?» disse. «Pronto, dottore? È lì? Dottore?».

In risposta ci fu solo il segnale di occupato. La comunicazione era stata chiusa. De Luca sospirò, sperando di non aver offeso in qualche oscuro modo l'incredibile e spesso incomprensibile sensibilità del partner, ma rimandò a una successiva telefonata, quando finalmente fosse stato libero di parlare, la richiesta di spiegazioni.

Si rivolse alla coppia col suo miglior sorriso.

«Come vi stavo dicendo, signori, non troverete da nessun'altra parte identica convenienza. Ve lo posso assicurare».

XXII

Cascasse il mondo, ci vediamo alle otto ogni martedì al bar Miragolfo.

Era stata Delfina a dirlo, e Delfina era apodittica fin dall'infanzia. Mina non aveva mai conosciuto qualcuno in grado di dirle di no, anche perché in quel caso cominciava a rompere le scatole in maniera irreversibile. A poco erano valse le rimostranze di ognuna di loro, ma no, meglio non essere così rigide, facciamo che ci sentiamo di volta in volta, io non so a che ora mi libero dallo studio, io pure non so se riesco perché ho il burraco di beneficenza: niente. Quando Delfina Fontana Solimena dei baroni Brancaccio di Francofonte decideva una cosa non c'era margine di trattativa.

L'unico legame che Mina aveva mantenuto con un mondo in cui era nata ma che l'aveva sempre disgustata era stato l'amicizia fortissima con Greta, Delfina e Luciana detta Lulù, ricchissima figlia di un ricchissimo palazzinaro da tempo defunto e impegnata con scarso successo nell'erosione del patrimonio paterno. Si era chiesta spesso il perché della sopravvivenza di quel rapporto, a tanti anni dalla fine della scuola e senza mai aver frequentato le iniziative glamour che le altre a vario titolo avevano continuato a presenziare. Mina era stata diversa fin da ragazzina, lo era ancor di più da donna, e gli argomenti comuni erano andati scemando negli anni fino a ridursi solo a loro stesse e alla vita che facevano: ma per qualche motivo oscuro a lei stessa, senza quell'aperitivo volante al bar in cui da alunne in fuga dalla scuola si rifugiavano per non farsi vedere da professori o genitori avrebbe sentito mancarle qualcosa.

Le tre amiche da parte loro erano perennemente incuriosite da quello che faceva Mina, un animale così profondamente alieno nel panorama della fauna che animava il loro universo.

Delfina scrutò l'assistente sociale, che a sua volta fissava lo spicchio d'arancia ancorato all'orlo del bicchiere come aspettando delle risposte.

«Senti un po', tu non me la conti giusta. È mezz'ora che rispondi a monosillabi e guardi quello spritz che ormai peraltro è imbevibile, mentre noi siamo già al terzo giro. Si può sapere che hai? Pure una sintesi, va bene uguale».

Non assomigliava al suo chilometrico cognome, Delfina. Ci si sarebbe aspettati un collo lungo, un mento altero e una pelle diafana. Invece era un po' tozza, bruna e diretta, incapace di essere elegante anche con capi firmati e accessori di platino. Delfina era sportiva e concreta contrariamente a tutto il resto della sua nobilissima famiglia, di cui era la croce. Perciò Mina le voleva bene.

«È per quello che è successo in consultorio in questi giorni, una bambina che cerca di aiutare la madre

157

che le prende di santa ragione da quell'energumeno del marito».

Greta si sporse in avanti, immediatamente interessata, con quello che ridendo le altre chiamavano «l'occhio da avvocato».

«Davvero? E lo ha denunciato, sì?».

Mina sospirò.

«No. Figurati».

Greta distese i lineamenti angolosi e riaccomodò il corpo magrissimo e nervoso sullo schienale.

«E allora niente da fare pure stavolta. Rassegnati».

Spesso Mina aveva coinvolto le amiche per dare una mano a chi si trovava, nell'area del consultorio, con le spalle al muro. La competenza professionale di Greta, le conoscenze altolocatissime di Delfina e, con maggiore riluttanza, i soldi di Luciana erano risorse che si rivelavano spesso risolutive. Ma quando ci si scontrava con il terrorizzato autolesionismo di una moglie che lasciava che il marito le facesse costantemente del male c'era poco da fare.

Lulù accavallò le lunghe gambe e piantò l'azzurro sguardo sull'amica. Pur essendo quella che nei salotti portava il marchio della parvenu, essendo la sua una ricchezza della seconda generazione, era bella e raffinata come Delfina avrebbe dovuto essere.

«Mi sa che non è solo questo il motivo del silenzio, eh, Mina? Quello è pane quotidiano, ti abbiamo visto affrontare ben di peggio. Di' la verità, sento puzza di sentimenti. Batte un cuore, sotto quel davanzale spettacolare».

Il riferimento al Problema Due era un frequente sfottò cui Mina veniva sottoposta. Greta una volta aveva detto che avrebbe dovuto devolvere il seno in beneficenza al gruppo, così tutte sarebbero approdate almeno a una terza soddisfacente.

Mina sbuffò.

«Smettila, Lu. Niente di sentimentale».

Delfina intervenne come al solito a voce alta e come al solito attirando l'attenzione degli occupanti dei tavolini adiacenti.

«Niente sentimenti? Ma allora è sesso! È sesso? Di' la verità, hai finalmente deciso di svestire gli abiti monastici e di darti a una serena trombata? E con chi? E come ce l'ha? Dicci, dicci!».

Mina si guardò attorno angosciatissima.

«Ma sei pazza, Delfi'? Taci, ma che dici? Nessun sesso, che sesso? Ho ben altro per la testa, adesso».

Greta si intromise:

«Altro per la testa? E perché, che ci può essere nella testa a parte il sesso? Ma hai visto con questa fissazione per la palestra e per l'immagine quanta carne fresca ci sta in giro? Guarda che non c'è niente di male a fare un po' di sana ginnastica, eh. Ti mette a posto le idee, ti fa vedere il mondo sotto un'altra luce. Tu, secondo me, hai proprio quel problema: da quando ti sei separata, con questa fissazione del vero amore ti stai perdendo il meglio, senti a me. Il meglio».

Mina rispose con un sibilo dalle labbra strette.

«E già, perché dovrebbe bastare portarsi un ragazzotto a letto per diventare ottimista, è così? Guarda che attorno alla vostra cazzo di bolla di benessere il mondo gira a modo suo, sai? E là fuori, mentre noi prendiamo il nostro calice di vino bianco con le arachidi, c'è gente che butta il sangue. Quando ve ne renderete conto sarà sempre troppo tardi!».

Lulù continuava a fissare Mina con un mezzo sorriso.

«Non cercare di portare il discorso sui massimi sistemi, per favore. Sono venticinque anni che te lo sento dire, eravamo compagne di banco, ricordi? Non mi freghi, a me. Non ti vedevo così pensosa dai tempi in cui ti eri convinta di fare l'attrice perché ti piaceva quello che poi si rivelò gay. Per cui adesso, per favore, non ci fai perdere tempo e ci racconti chi è che ti ha fatto girare la testa. E non fare resistenza, se no ti faccio interrogare da Delfina e tutti nel raggio di un chilometro sapranno i cazzi tuoi».

Mina reagì veemente:

«Ma io vi vengo mai a chiedere chi accidenti vi scopate, voi tre? No che non ve lo chiedo, e sapete perché? Primo: me lo dite voi, non parlando d'altro dalla mattina alla sera; secondo, non mi interessa. E poi non c'è mica solo il sesso, no? Una potrebbe avere pure un rapporto diverso, fatto di altre affinità o...».

Delfina fece una smorfia e urlò:

«Ho capito, è un uomo sposato. E allora, che male c'è? Guarda che un rapporto può essere libero, disimpegnato e felice solo tra due persone sposate ma non fra di loro. Io pratico quest'attività costantemente e mi diverto un sacco».

Mentre due adolescenti dal tavolino di fronte cominciavano a sghignazzare e un pensionato seduto a tre metri si aggiustava ottimisticamente il ciuffo grigio, Greta commentò:

«Dovresti parlarcene, comunque. Se non altro per equità, dopo anni che ti raccontiamo le cose nostre e ti aiutiamo quando ci chiedi aiuto. E poi lo sai che spifferarle qualcosa di piccante è l'unico modo per fare tacere Delfinuccia nostra, qui, che se continua a declamare le gioie del sesso verrà abbordata da una ventina di frequentatori del bar. Dai, parla. Sputa il rospo, e non combattere contro l'ineluttabilità del destino».

Mina fece passare una muta richiesta d'aiuto sul volto delle tre amiche, ottenendo un altrettanto muto e netto rifiuto. Sospirò cauta.

«C'è questo tizio, un ginecologo che lavora al consultorio».

Delfina gridò subito, facendo sussultare due vecchie mezze sorde a cinque metri:

«Lo sapevo, e d'altra parte dove potevi trovarlo se non al lavoro, visto che non esci mai di là?».

Greta commentò:

«Be', almeno non è un delinquente, come quelli con cui hai a che fare».

Luciana chiese:

«Scusa, ma non è un vecchio bacucco? Come si chiama, Rattazzi, no? Me l'hai presentato quella volta che volevi che finanziassi il parto di quella tredicenne col fidanzato in carcere, che la madre voleva far assolutamente abortire. È lui, no?».

161

Mina scosse il capo.

«No. È cambiato. Purtroppo».

Le amiche si guardarono, la bocca spalancata.

Delfina urlò:

«E tu non ci hai detto niente?».

Greta commentò:

«E com'è questo?».

Luciana chiosò:

«Perché dici purtroppo?».

Mina le fissò, con un lungo sospiro.

«Posso rispondere a tutte e tre le domande: perché mi piace da morire. Perché è una cosa impossibile. E perché lo tratto malissimo, e lui ha paura di me».

La frase diede luogo a una ridda di commenti e nuove domande in tre diverse tonalità, che Mina lasciò sfuriare come una tempesta estiva succhiando dalla cannuccia l'ultima parte del suo spritz. Quando si furono calmate, le fissò tutte e tre con malinconia.

«Lo sapete come sono fatta, no? Ricordate con Claudio? L'ho sempre tanto maltrattato che alla fine, quando l'ho lasciato, lui stesso ha dovuto ammettere che la qualità della sua vita è largamente migliorata».

Luciana fece una smorfia.

«Be', questo è vero. Continuiamo a incontrarci, sai che non ha smesso di frequentare i vecchi ambienti, contrariamente a te che se non fosse per questa nostra piccola abitudine saresti sparita dal mondo, ed effettivamente sta molto meglio di prima».

Greta ridacchiò, beffarda.

«Anche se la tizia con cui va in giro, la giornalista o sedicente tale, è tamarra quanto mai».

Delfina rise, al solito sganasciandosi.

«L'altra sera al circolo stava spiegando come si monta un servizio a Gianchi, ti ricordi, che è famoso per non fare un cazzo se non procurarsi donne, e lui le ha detto guarda, io ti posso spiegare come si monta e come si fa un servizio, ma non tutte e due le cose insieme».

Suo malgrado rise anche Mina. Poi disse:

«E comunque non se ne parla. È fidanzato con una dottoressa che lavora all'estero, ed è fedelissimo. Quindi, discorso chiuso».

Greta sbuffò.

«I discorsi non si chiudono mai, bella mia. Non quando si hanno i tuoi argomenti».

Mina la fissò velenosa.

«Oggi è successo che proprio per colpa tua, per la camicetta che mi hai regalato per scherzo e che io ho indossato per sbaglio, ci siamo ritrovati a un tanto così da una grossa complicazione».

L'amica incrociò lo sguardo delle altre.

«Vuol dire che non ho fatto bene a regalartela, quella camicetta: ho fatto benissimo. E voglio dirti una cosa, Gelsomina Settembre, non puoi mettere barriere sufficienti tra te e un uomo che, per caso o per avventura, si sia ritrovato a guardarti le zinne. Era così al liceo, è così adesso e sarà così fin quando la forza di gravità non avrà vinto la sua battaglia. Cosa che per tua fortuna, maledetta che non sei altro, è ancora ben lontana dall'accadere».

Delfina si strinse nelle spalle.

«E poi la tizia sta all'estero, no? Occhio non vede, cuore non duole».

Lulù annuì con forza.

«E dai, Mina: per una volta, sii umana come noi. Ragazze, un altro giro?».

XXIII

La mattina dopo Mina si rassegnò ad affrontare il Problema Uno, nella consapevolezza che pescare camicette dal cassetto senza averne diretta cognizione poteva dar luogo a un ben peggiore incubo che non sopportare le lamentazioni della madre.

C'era stato il periodico intervento di manutenzione domestica sulle ruote della carrozzina porta-Concetta, per cui Gloria Gaynor aveva lasciato il palcoscenico: adesso il cigolio era univocamente identico a *Chattanooga choo choo*, un classico di Glenn Miller; pezzo che non si poteva asportare dalla mente per tutta la giornata, a meno di ricorrere all'elettroshock. Mina non resistette più di tanto a fingere di dormire, aveva troppo da fare e il pensiero di Flor, più ancora che di Ofelia, l'aveva ossessionata per tutta la notte, per cui decise di affrontare subito la questione.

«Brava, dormi, dormi. Dormi, mentre le altre donne della città si accaparrano, magari scopandoseli di nascosto, tutti gli uomini disponibili. E tu ignori le possibilità che pure avresti, pensando a salvare il mondo che invece continua a girare per i cavoli suoi».

Si tirò a sedere sul letto, strofinandosi gli occhi. Lo strabismo di Paperina si accentuò assecondando la veloce svestizione. Concetta la squadrò, critica.

«Non ci posso credere. L'anima di una suora ottusa nel corpo di una pornostar. Sarebbe bastato il contrario, e adesso non avresti problemi nella vita».

«Mamma, io non ho problemi. Mi basta quello che ho, e se mi dai soltanto un po' di tempo trovo una stanza da qualche parte e ti tolgo il disturbo. Ora, se per cortesia mi fai passare per andare in bagno, avrei un po' di fretta».

La madre fece una smorfia.

«Ci manca che te ne vai in qualche cella di convento, così completi il giro e abbracci la tua missione con coerenza».

«Mamma, ti ricordo che sono atea. Pare sia un problema, se vuoi prendere il velo».

«Brava, brava, ironizza. Nel frattempo la vita va avanti, e tu diventi irrimediabilmente vecchia. Io sono una povera invalida, altrimenti ci penserei io a trovare uno ricco che ci mantenga negli agi. Ci metterei cinque minuti, credimi».

Mina, con la biancheria in mano, cercava di superare la sedia a rotelle di Concetta collocata ad arte sul passaggio verso il bagno.

«Ah, non ho dubbi, mamma. Con gli investimenti che fai in termini di cosmetici...».

«Quelli sono necessari per una donna che abbia cura di sé» disse l'altra. «Come dovresti sapere, se fossi riuscita a insegnarti qualcosa. Ma tu sei il mio grande fallimento, lo sanno tutti».

Mina si mise una mano sul volto.

«No, mamma, la storia del fallimento no, ti prego. Non stamattina. Ho un impegno pesante, sul lavoro, e...».

«Invece del lavoro non pagato, occupati della tua vita e del tuo futuro. Per esempio, hai indagato sul corteggiatore misterioso? Ti sei chiesta chi sia? Magari è qualcuno che ha molti soldi».

«Mamma, a me non interessano queste cose, lo sai già. E poi magari è Claudio, è proprio da lui non avere il coraggio di mostrarsi. Lo sai, è uno razionale».

L'anziana rifece la smorfia:

«Un buono a nulla, io l'ho sempre detto. Ma almeno era un uomo, e aveva pure un lavoro decente. Comunque, anche se non te ne frega niente dell'andamento della casa in cui vivi, ti informo che vorrei cacciare la zoccola moldava e prendere un'italiana».

Mina suo malgrado spalancò la bocca.

«Sonia? E perché la vuoi cacciare, scusa? È l'unica che abbiamo trovato che ti sopp... che tutto sommato ti vada bene!».

«Io queste straniere non le tollero per principio. Vengono dal paese loro nell'unica finalità di toglierci gli uomini, te l'ho detto. E c'è una brava signora, molto compita, che si è offerta di dare gratis una dimostrazione di come lavora. Dice che ha bisogno, che ha problemi familiari eccetera. Non eri tu che dicevi che bisognava essere sensibili a queste cose? Che è, sei umanitaria con gli stranieri e non con quelli del paese tuo?».

Mina scosse il capo.

«Certo che no, figurati. Ma almeno fammici parlare,

poi di cacciare Sonia non se ne parla, così su due piedi, al limite lasciami il tempo di trovarle un'altra collocazione. Sono sicura che non potrà che andare a migliorare».

Concetta ridacchiò, sardonica.

«Ah, guarda, se esistessero ancora i bordelli non avrei dubbi sulla nuova collocazione. Magari si metterà in proprio, fingendosi una massaggiatrice. E con la tizia italiana ci devi parlare per forza, perché dice che vuole vedere tutti i componenti della famiglia. Ci tiene molto che tutti siano soddisfatti».

Mina sorrise.

«Che bello! La professionalità a tutti i livelli paga. A me comunque continua a dispiacere per Sonia, per favore mamma, sii umana per una sola volta nella vita e non prendere iniziative prima che io le abbia trovato un posto. Me lo prometti? E soprattutto, mi lasci andare in bagno che ho fatto tardissimo?».

Quando già si trovava nei pressi dell'ufficio, d'impulso guardò l'orologio e fece una deviazione.

Il pomeriggio prima, tappata in ufficio per non affrontare tutti quelli che volevano vedere come le stava la camicetta di Greta, si era messa a guardare le liste scolastiche e aveva trovato Flor nella prima media di un istituto la cui succursale era non lontana dal consultorio. Il fatto di aver visto la madre andar via dall'ospedale così preoccupata per la figlia le aveva lasciato molta ansia addosso: e se la piccola avesse corso dei pericoli che non aveva avuto il coraggio di raccontare?

Si addentrò perciò nel reticolo di vicoli che aveva imparato a conoscere, riflettendo distrattamente su una città che dentro ne aveva tante, come un gioco di matrioske di colori e fogge diverse, città che contenevano città che si aprivano ad altre e altre ancora. Quella che dal Miragolfo, la sera precedente con le amiche, sembrava un quadro, azzurra, luminosa, ferma nel tempo e nello spazio se non per qualche nave in lentissimo movimento sul mare, pareva un altro universo rispetto a quella che stava attraversando in quel momento.

Decine, centinaia di persone che affrontavano a muso duro una nuova giornata dall'esito per i più molto incerto. Una battaglia quotidiana contro un destino che sembrava segnato. La voglia di riguadagnarsi una possibilità, scavando a mani nude nella roccia del pregiudizio e dell'egoismo. Mamme di ogni colore con piccoli per mano, grembiulini a quadretti, capelli pettinati e aria assonnata, la cartella o lo zainetto sulle spalle, i piedini che cercavano di tenere il passo; e ragazzi di poco più grandi che si affrettavano invece verso un posto di lavoro, perché il privilegio dell'istruzione era già diventato un sogno perduto. Mina sentiva il cuore sanguinare per tutti quelli che invece non vedeva, e che erano già caduti nelle mani di chi prometteva guadagni più facili per certe attività notturne.

La donna viveva questa situazione, in quell'indecifrabile sottobosco senza luce e senz'aria, con gli antichi palazzi che incombevano su quelle viuzze disperate, come una personale, terribile sconfitta. Le sembrava di dover svuotare il mare con un bicchiere, ma non avrebbe mai ceduto alla stanchezza. Gli occhi di Flor, e delle mille Flor che aveva incontrato nella sua non lunga carriera, erano la sua condanna a continuare.

Arrivò davanti alla scuola proprio mentre i ragazzi entravano. Cercò con lo sguardo i più piccoli e vide subito Flor, un po' in disparte. Era con la madre, dalla cui postura Mina capì che il dolore alla gamba le consentiva di camminare con difficoltà: aveva però deciso di accompagnare lo stesso la bambina a scuola. Le due si fissavano l'una accanto all'altra, a poca distanza, Flor teneva una mano sulla guancia della madre e le parlava con dolcezza. Con una stretta di pena al cuore Mina capì che quella donna di dieci anni o poco più stava dando alla madre, una bambina di trent'anni, la forza per affrontare un altro calvario.

Prima che Mina decidesse se avvicinarsi o no, come rispondendo a un richiamo Ofelia incrociò lo sguardo della donna. Non ci fu sorpresa nei suoi occhi, né rabbia. Dolore, invece: un mare di scuro, melmoso dolore privo di risentimento. Il dolore senza speranza.

Si voltò e se ne andò, zoppicando. Flor si voltò a sua volta verso l'entrata della scuola, e Mina pensò che non l'avesse vista. Anche da una ventina di metri si intravedeva il livido sulla guancia.

Prima di entrare però la bambina si girò e guardò l'assistente sociale con la muta, dolcissima malinconia di una speranza perduta.

Fu in quel momento che Mina decise, senza possibili ripensamenti, che avrebbe risolto quella situazione. A ogni costo.

XXIV

Il maresciallo Gargiulo pensava seriamente che avrebbe preferito aspettare fuori. Con le persone come De Luca si era sempre sentito in difficoltà.

Era originario di un paese della provincia, di fatto un'area urbana senza soluzione di continuità con gli altri comuni alle pendici della montagna assassina, una zona teoricamente rossa che invece era brulicante di persone, con una densità di popolazione che raggiungeva vertici nipponici; e tuttavia le identità erano fortissime, il campanilismo pure e sfociavano spesso e volentieri in risse sanguinose o almeno in partite di calcio identicamente sanguinose. Da quelle parti i maschi erano maschi e le femmine erano femmine, e chi era indeciso se ne andava in città dove tutto era consentito.

Gargiulo non era certo omofobo, anzi se avesse proprio dovuto essere sincero vi era stato un momento, attorno ai quattordici anni, in cui frequentava un compagno di classe sui cui pantaloni stretti soffermava un po' troppo lo sguardo. Quei turbamenti, sepolti nella memoria, erano stati ammortizzati con un lavoro intensivo su se stesso e con scelte professionali che non lasciassero spazio a discussioni. Quando però, e gli accadeva raramente ma gli accadeva, si trovava al cospetto di chi aveva fatto scelte identitarie diverse, in lui succedevano cose incomprensibili: si sentiva in colpa, e questo lo rendeva inutilmente ostile.

Fissava quindi il tavolo e le sedie della sala da pranzo senza distrarsi, in posizione di attenti, facendo in modo di non guardare l'uomo che, seduto sul divano addossato alla parete opposta, non smetteva di piangere in un fazzoletto ormai intriso, con un suono simile allo sfiato di una pentola a pressione intervallato da rumorose soffiate di naso.

Il dottor De Carolis non sembrava invece mostrare alcun disagio, piuttosto un blando disinteresse. Si aggirava lento per la stanza, continuando ad annuire come rispondendo a segrete domande, le mani intrecciate dietro la schiena, assolutamente inespressivo sotto le spesse lenti.

«E allora, De Luca, ricapitoliamo così vediamo se ho capito tutto. Va bene?».

Soffiata di naso affermativa.

«Dunque, lei conosceva il Morra da due anni circa. Vi siete conosciuti al Merlo Maschio, il locale gay sulla Domiziana, verso Mondragone. Giusto?».

Il sibilo si interruppe per un attimo:

«Non lo definirei locale gay, dottore. È un posto discreto, dove si può andare a bere qualcosa e chiacchierare con persone dello stesso sesso senza correre il rischio di essere picchiati, come purtroppo può succedere altrove in città. Senza offesa, sia chiaro».

Gargiulo mormorò piccato, senza voltarsi verso l'uomo:

«Noi e la polizia interveniamo immediatamente quando veniamo chiamati. Non possiamo certo fare il picchetto ai bar omo della città».

De Carolis lo fissò sorpreso, ma non gli rispose. Riprese invece:

«Come che sia, avete cominciato a frequentarvi. Vi siete visti sempre più spesso, compatibilmente con le vostre attività, voi siete un bancario, no?».

De Luca drizzò quasi impercettibilmente le spalle.

«Sono un vicedirettore di agenzia. Un quadro direttivo, come grado».

De Carolis fece un cenno vago con la mano.

«Sì. Morra invece che faceva, Gargiu'?».

Gargiulo batté i tacchi in tono affermativo e recitò al tavolo:

«Morra Gabriele, scenografo, disegnatore e stilista, cinquant'anni il mese prossimo. La casa è di proprietà. Molto noto nell'ambiente artistico, allestiva spettacoli e mostre d'arte oltre naturalmente a lavorare per il teatro».

De Luca interruppe il sibilo per dire:

«Era il più bravo, dottore. Mostre e spettacoli non erano il suo vero lavoro: lui era soprattutto uno scenografo. Non c'è compagnia, in tutto il paese, che non cercasse di averlo, non potete credere quanto fosse bravo».

De Carolis annuì, e fece cenno a Gargiulo di continuare.

«Viene descritto come un uomo estroverso, allegro e brillante, molto colto e un po' trasgressivo».

173

Lanciò un'occhiata in tralice a De Luca, ma fermò lo sguardo a metà strada per riportarlo sul tavolo, schiarendosi la voce.

«Celibe» concluse in un soffio.

De Carolis sospirò, stanco.

«Va bene, De Luca, la conversazione telefonica me l'ha riferita passo passo: adesso mi dica ancora del rumore».

Il sibilo si interruppe di nuovo.

«Dottore, io non mi perdonerò mai di averlo liquidato così frettolosamente. Era il mio... eravamo molto intimi, mi era carissimo. Il nostro rapporto si era andato stringendo e stavamo addirittura pensando di cominciare a vivere insieme, qui perché io sono in fitto. E finalmente... oggi...».

Il sibilo riprese, interrompendo il discorso. Gargiulo sospirò impercettibilmente, De Carolis si mise due dita alla radice del naso alzandosi gli occhiali.

«De Lu', per favore, cerchiamo di arrivare al punto. Il rumore. La prego».

Il sibilo calò di un'ottava e culminò in un altro barrito nel fazzoletto.

«Chiedo scusa, dottore, ma capirà il mio stato d'animo. L'uomo che... la persona per te più importante ti chiama per dire qualcosa che aspetti da almeno un anno e mezzo, e ti ritrovi con due clienti davanti che peraltro nemmeno hanno sottoscritto l'operazione, c'è gente che ti fa perdere solo tempo, e non lo ascolti. E adesso lui non potrà... non potrà più...».

Accennò a riprendere il sibilo, e De Carolis picchiò il pugno sul tavolo facendo sobbalzare un paio di soprammobili che tintinnarono. Gargiulo e De Luca sussultarono in modo sorprendentemente simile.

«De Luca, maledizione! Continui, cazzo!».

L'uomo lo fissò, vagamente offeso, e riprese:

«Mi ha detto delle rose, cosa di cui non sapevo niente. Poi si è interrotto, come se si fosse offeso. Dopo qualche momento ha messo giù il telefono, e...».

«No, no, De Luca, questo lo so. Volevo sapere del rumore».

«Sembrava un... come un battito di mani. Sul momento ho pensato di averlo fatto arrabbiare, che avesse picchiato il palmo su qualcosa come ha fatto lei adesso. Appena mi sono finalmente liberato l'ho richiamato, ma non ha più risposto. Quando sono uscito sono corso qui, io ho le chiavi naturalmente, e l'ho... l'ho trovato... così».

Gargiulo rivide l'ometto vestito con colori sgargianti riverso vicino al tavolino col telefono, il colpo visibile sulla nuca tra i radi capelli. Possibile che stesse parlando al telefono mentre l'assassino colpiva? Chi parlerebbe amabilmente col suo amante, sollecitandogli scherzosamente risposte che non poteva dare, mentre alle sue spalle qualcuno stava per spargli alla testa?

De Carolis annuì, come trovando conferma a chissà quale silente teoria.

«Va bene. Quindi, se pensiamo al fatto che possano avergli sparato mentre parlava con lei, dobbiamo ipotizzare che qualcuno abbia successivamente riposto la cornetta. Altrimenti Morra sarebbe l'uomo che ha resistito più a lungo con una pallottola nel cervello che si sia mai sentito. Ora la domanda è: chi poteva trovarsi qui?».

De Luca si soffiò il naso, scuotendo le spalle.

«Nessuno, dottore. Gabri non riceveva nessuno qui a casa, aveva lo studio, andava lui stesso nei teatri. Non aveva senso far venire qui persone».

Gargiulo disse, malignamente:

«Magari riceveva qualcuno e lei non lo sapeva, vicedirettore».

Il titolo professionale era stato marcato ironicamente, e ancora una volta De Carolis fissò sorpreso il sottoposto.

De Luca scosse il capo con forza.

«No, lo escludo. A parte il discorso sentimentale, e della fedeltà di Gabri non ho mai dubitato, perché avrebbe dovuto telefonarmi mentre era con qualcuno?».

Gargiulo, lo sguardo sempre fisso in avanti, fece un mezzo sorriso feroce.

«Magari lo divertiva. Magari lo eccitava, e...».

De Carolis intervenne, brusco:

«Gargiu', ma che le prende oggi? Ha ragione De Luca, non ha senso. Serve invece capire chi diavolo c'era con Morra, e per quale dannato motivo».

Sembrò seguire il filo di un pensiero, come se qualcuno gli stesse suggerendo qualcosa all'orecchio.

«Senta un po', De Luca, com'era Morra in relazione all'ordine e alla pulizia?».

De Luca lo fissò sorpreso, interrompendo il sibilo a metà.

«Fissato, dottore. Era fissato. Non era mai contento, divorava le persone di servizio. Un filippino, una volta, gli ha detto che avrebbe dovuto pagarlo tre volte tanto, per quello che pretendeva. Era fissato».

«E recentemente chi aveva a servizio?».

De Luca si grattò la testa.

«Mi aveva parlato di una straniera, ma al solito non era contento. Aveva qualcuno in prova, mi ha detto che forse aveva trovato chi era davvero soddisfacente. Ma non ha avuto il tempo di dirmi altro».

Il magistrato restò in silenzio per un po', passando il dito sul piano del tavolo. Il polpastrello era immacolato.

«Capisco. E qui non c'è portiere, né telecamere di sorveglianza. Manco a dirlo. Ma parliamo delle rose, De Luca».

«Sì, dottore. Le ripeto, io non ne sapevo niente. Mi ha detto che non potevo che essere io a mandargliene una al giorno, e che ero stato dolcissimo a ricordarmi che... ha detto una cosa che non ho capito, ero con quei due davanti che mi guardavano storto e...».

De Carolis si fece più attento.

«Cerchi di ricordare, per favore. Può essere importantissimo».

L'uomo guardava nel vuoto, scuotendo la testa.

«Ha detto qualcosa circa i suoi esordi, una storia molto vecchia di cui mi sarei ricordato rendendolo felice. Ma io proprio non...».

«Le ha parlato mai di rose, in rapporto al suo lavoro? Che so, una mostra, uno spettacolo...».

De Luca schioccò le dita. «Ma certo, uno spettacolo! Una cosa di quando era giovanissimo, *Le dodici rose*! La prima volta che fece una scenografia, ma come ho fatto a non pensarci? All'epoca voleva fare l'attore, mi raccontò, con una filodrammatica o qualcosa del genere, ma poi capì che doveva occuparsi di cose diverse. E fu quella volta che prese in pugno la situazione, e realizzò lui la scena. Un lavoraccio, mi disse, ma di grande soddisfazione».

Le sue parole crearono un'immediata palpabile attenzione nella stanza. Perfino Gargiulo si voltò, a bocca aperta, verso il divano. De Luca li fissò alternativamente, con evidente sorpresa.

«Che ho detto? Che c'è che non va...».

De Carolis, a voce bassa, lo interruppe.

«Adesso la prego, De Luca, è importantissimo, cerchi di ricordare: che le ha detto Morra di quello spettacolo? Dove è stato fatto, in che anno? Chi c'era, quanto è durato? Chi ha pagato, qual era il teatro?».

De Luca sbatté le palpebre, scuotendo la testa.

«Dottore, io non so altro se non quello che le ho detto. Una filodrammatica, credo qui in città perché Gabri è andato a Milano a lavorare molto tempo dopo, per poi tornare qua. Ma le assicuro, non so altro. Quello che ricordo con certezza è che fu una fatica enorme, per lui, perché doveva recitare e seguire la scena, finché non fu finalmente sostituito come attore e allora si occupò della regia e della scenografia. In più, ricordo che tutti dovevano fare due parti perché il testo prevedeva che portassero due rose a testa».

De Carolis e Gargiulo si guardarono. Il carabiniere mosse piano le dita di una mano, arrivando a cinque. L'altra mano vibrò ma non si mosse.

Il magistrato chiese:

«Le ha detto di chi fosse il testo, per caso? Se ha fatto lui la scena il teatro doveva essere piccolo, altrimenti non credo glielo avrebbero consentito, no?».

De Luca si strinse nelle spalle.

«Non saprei proprio, dottore. Se era una filodrammatica penso a una parrocchia, o a un posto del genere. Magari non era nemmeno un teatro».

De Carolis annuì.

«Sì. È vero. Magari non lo era».

Fece un cenno a Gargiulo.

«Andiamo, Gargiu'. Teniamo da fare. De Luca, per cortesia resti a disposizione. Potrebbe esserci stato di grande aiuto».

Uscì. Il carabiniere lo seguì, ma d'impulso si fermò vicino a De Luca e senza guardarlo in faccia gli disse, piano:

«Mi dispiace per la sua perdita. Mi dispiace molto. Per tutto».

E uscì anche lui.

XXV

Mina resistette alla tentazione di precipitarsi nella stanza di Domenico, per metterlo a parte dell'esigenza di trovare una strategia di aiuto a Ofelia e a Flor. Rifletté e pensò che magari era un'ossessione solo sua, che il medico aveva altro a cui pensare o da fare, lui che aveva una fidanzata e quindi una vita personale.

Perché lei una vita personale non ce l'aveva. Concetta, quando arrivava col suo accompagnamento musicale a dirle senza tatto e con violenza le sue esecrabili opinioni, in realtà aveva ragione.

Certo, c'erano le tre amiche: ma parliamoci chiaro, avrebbe detto a se stessa, non erano squilibrate anche loro? In quattro non avevano un figlio, un marito, una famiglia propriamente detta. Greta aveva divorziato da dieci anni, Delfina aveva avuto seimila fidanzati, Luciana si portava a letto chi capitava e la mattina dopo non ne ricordava nemmeno il nome. Lei aveva sprecato la sua occasione con Claudio, e adesso viveva una storia onirica con uno che era identico al Redford di *Come eravamo*, il suo film preferito, ma al quale non riusciva nemmeno a sorridere e che comunque era l'uomo di un'altra.

Se ne andò in ufficio, piazzò il cellulare sul davanzale e subito lo sentì vibrare. Era Claudio.

«Ciao, tutto bene?».

Lei si chiese il perché della telefonata, così presto.

«Certo, bene. Perché mi chiami, Claudio?».

«Mica ci deve essere un perché. Mi andava di sapere come stavi, tutto qui. Quella storia che mi dicevi l'altra sera, quella della denuncia che non c'era, com'è andata a finire?».

«È andata a finire senza denuncia. Con un passaggio al pronto soccorso, l'ennesimo, col poliziotto che faceva domande e lei che rispondeva di essere caduta dalle scale. Come sempre».

«Senti, Mina, se la legge...».

«Claudio, ho capito. Ti prego, risparmiami le menate stamattina. Non è giornata».

«Con te non è mai giornata, questa è la verità. Mai un sorriso, mai un po' d'allegria. Sempre qualcosa di più importante da risolvere e qualcosa di più duro da combattere».

«E allora che accidenti vuoi da me? Non hai ormai chi ti fa divertire, e che sa anche montare un servizio?».

«Che vuoi dire, montare un servizio? Che c'entra, adesso?».

«Lo so io, non ti preoccupare. E comunque adesso ho da fare, scusami. Ci sentiamo un'altra volta».

«Anche no, Mina. Anche no».

Sentendo la linea muta, a Mina venne da piangere. Si sentì una specie di re Mida, con la merda al posto dell'oro.

La porta si aprì senza che nessuno avesse bussato, ed entrò Domenico. Spettinato come sempre, il camice aperto su un brutto maglione con il disegno di un orso, una penna che aveva perso inchiostro nel taschino lasciando una macchia blu sul cotone bianco. La mandibola serrata, gli occhi cerchiati dal sonno con dentro la nuova durezza che aveva seguito il loro incontro ravvicinato, al posto dell'abituale impaccio tenero e imbarazzato. A Mina che aveva gli occhi lucidi e il labbro tremante al posto dell'abituale tetragona ostinazione, ricordò immediatamente il Redford di *Il temerario*, film che adorava.

Lui si accorse delle lacrime di lei, ma non si intenerì affatto.

«Non sei l'unica che ci mette il cuore, sai. Non sei l'unica che non ci dorme la notte, o che prende tutto come una cosa propria. Non sei l'unica che ha il copyright della condivisione, sappilo, accidenti».

Mina raccattò qualche frammento di dignità.

«Punto primo, chi ti ha insegnato a entrare nelle stanze della gente senza bussare? Punto secondo, che accidenti ne sai del perché sto come sto? Punto terzo, di che cacchio stai parlando, si può sapere?».

Il dottore arretrò di un passo, come colpito da un pugno, sbatté le palpebre e sembrò per un attimo il vecchio Domenico, quello che veniva colto alla sprovvista dalla gratuita ostinazione di lei. Ma non era il vecchio Domenico. Non più, dopo quel bacio mancato.

«Senti, sai benissimo di che cosa sto parlando, non fingere di non capire, parlo di Ofelia. Io sono un medico, maledizione, e se vedo soffrire qualcuno devo darmi da fare. O pensi che sia un medico solo chi indossa un cazzo di zaino e se ne va dall'altra parte del mondo, in mezzo alla peste bubbonica e alle bombe? Se uno è medico è medico, e lo è dovunque, sai? E non è che una donna, in quanto donna, è capace di soffrire e un uomo non lo è».

Fu il turno di Mina di battere le palpebre confusa:

«Ma... ma di chi parli? A chi ti riferisci?».

Lui agitò la mano.

«Lo so io, lo so. Adesso però per favore, invece di piagnucolare o parlare di come sarebbe bello un mondo perfetto, la vogliamo trovare una soluzione per quelle due, sì? Perché io stanotte non ho chiuso occhio, e ho bisogno di dormire almeno sette ore altrimenti non valgo niente».

Mina gli raccontò guardinga del passaggio a scuola di quella mattina.

«Mi hanno vista tutte e due, mi hanno scrutata e se ne sono andate entrambe per la loro strada. E noi, a meno che non troviamo un modo, senza la loro denuncia o una testimonianza abbiamo le mani legate. Tutto qui».

Prima che Domenico potesse rispondere la porta si aprì di nuovo e ancora più bruscamente, battendo sullo stipite e scuotendo l'intonaco.

Mina urlò:

«Ma nessuno bussa più in questo consultorio?».

Rudy ansimò cercando di riprendere fiato, e nella concitazione la guardò perfino in faccia anziché venti centimetri più sotto.

«Scusatemi, dottore', è che ho appena saputo... Posso sedermi, sì? Ho fatto una corsa, e ho un'età».

Senza aspettare il permesso si lasciò cadere su una sedia, sventolandosi. Domenico chiuse la porta e si sedette a sua volta, curioso. Dopo aver regolarizzato il respiro, il portinaio disse:

«Si tratta della negra e della bambina, dottore'. La situazione è più grave di come mi aveva detto Samantha con l'acca, che però poverina che ne poteva sapere, quella mica vede tutto, abita solo al piano di sotto, e invece per sapere certe cose bisogna chiedere in altri ambienti che...».

Mina giunse le mani come per una supplica.

«Trapane', la prego, parli con coerenza: soggetto, predicato, complemento, punto. Soggetto, predicato, complemento, punto. E così via, una frase alla volta. Per piacere, sì?».

L'uomo la fissò come se avesse parlato in armeno.

«Soggetto e che? Dottore', fatemi parlare come so io, che a scuola non ci sono andato!».

Domenico intervenne:

«Tranquillo, Rudy. Tranquillo. Dica quello che vuole dire, noi capiremo».

L'uomo annuì grato.

«Allora, ieri mi era rimasto uno scrupolo. Il fatto che questo Caputo Alfonso partiva e tornava, anche per una mezza giornata, mi pareva assai curioso. E allora sono passato da una mia nipote che sta con uno che, insomma, fa certi traffici. Lei, mi dovete credere, è una bravissima ragazza, tutta la famiglia sta malissimo per

184

questo fidanzamento, però lui appartiene a una famiglia che... Non è cattivo nemmeno lui, una volta ci ho parlato al matrimonio di una cugina, e...».

Mina si agitò sulla sedia ma Domenico, senza voltarsi, alzò una mano verso di lei zittendola. Questa nuova autorità che il medico credeva di esercitare su di lei da un lato l'irritava enormemente e dall'altro le faceva uno stranissimo e piacevole effetto.

Rudy continuò, rassicurato dallo sguardo del ginecologo.

«Insomma, ci sono andato a parlare. Gli ho chiesto se Caputo... se queste partenze in qualche modo riguardano la famiglia sua, del fidanzato di mia nipote. Io lo so, dottore', che a voi non vi fa piacere questa cosa. E so pure che è sbagliata, e nemmeno io ci voglio avere a che fare. Però pensare a quelle due povere negre in quella situazione non mi ha fatto dormire, e...».

Mina brontolò.

«Se le chiama negre un'altra volta, io...».

Domenico si voltò e la fulminò con lo sguardo.

«Intanto Rudy, qui, è l'unico che si è dato da fare sul serio mentre noi riflettevamo sui massimi sistemi. Non mi pare poco, in qualunque modo voglia chiamare quelle due poverette. Allora, Rudy? Che ha saputo?».

«Non è buono, dotto'. Non è buono. Si muove per... va a prendere armi, e porta soldi. È abbastanza in alto, uno importante. Se decide di farla a pezzi, la moglie, non prende nemmeno una multa perché fanno sparire i pezzi uno a uno, e sistemano pure i documenti come se non fosse mai esistita. Si deve fare qualcosa, dottore', e pure subito: per questo la bambina è venuta qua, non diceva per dire. L'ammazza veramente».

Le parole piombarono nel silenzio come una catasta di legna scaricata male. Mina e Domenico si guardarono sconcertati.

Rudy riprese.

«Per di più mi ha detto il fidanzato di mia nipote che questo signore tiene una fidanzata nuova, una della Serbia, bionda e con gli occhi azzurri. È per questo che la tratta sempre peggio alla moglie, ma non ha il coraggio di mandarla via perché ci tiene troppo per la figlia. E questo è».

Mina sentiva il cuore batterle nelle orecchie.

«E adesso che facciamo?».

Domenico si alzò.

«Adesso le vado a prendere e le porto in salvo. Poi vediamo».

Rudy esclamò:

«E quanto è bello il dottore, vuole fare l'eroe, è così? Non vi fanno nemmeno arrivare in piazza, credetemi. Il suocero della negra, il padre di Caputo insomma, è in contatto diretto con quella gente là. Alza il telefono e vi trovate in un androne con un coltello nella pancia, ve lo dico io».

Mina si girò a guardare il telefonino sul davanzale.

Rudy seguì i suoi occhi e disse, scuotendo il capo e contemporaneamente facendo cenno di no con l'indice:

«No, no, no, dottore', non ci dovete pensare nemmeno. Se fate tanto così di chiamare chi state immaginando di chiamare, spariscono madre e figlia e non ne sentite parlare più. Forse non mi sono spiegato, questo Caputo è un pezzo grosso. Ma grosso assai».

Domenico si passò la mano nei capelli, sconfortato.

«E allora non possiamo fare niente. Proprio niente».

Mina strinse le labbra.

«Non è vero. Qualcosa la possiamo fare. Trapanese, lei ce l'ha sempre quell'amico ai servizi sanitari?».

XXVI

La luce che filtrava dalle tapparelle semichiuse era quella del pomeriggio. Per quella dei lampioni ci sarebbero volute ancora tre, quattro ore.

Il sole era caldo, nonostante la stagione. I bambini giocavano sudando, incuranti del calore come lo erano del freddo e talvolta della pioggia. Incuranti soprattutto dei richiami delle madri, che a gran voce dai balconi li esortavano a fare i compiti, nella stanca speranza mal riposta che in qualche maniera si elevassero da quel quartiere e da quell'esistenza.

La persona che stava in piedi dietro la tapparella, e che fissava la vita della piazza con l'aiuola spelacchiata al centro, ricordava un'altra esistenza in cui era molto più giovane e il suo mondo era un reticolo di vicoli stretti e sovrapposti senza luce ma pieni di brulicante umanità. Ricordava un lungo, articolato, difficile dialogo con qualcuno che cercava di portare avanti un punto di vista contrapposto al suo, fin quando la resistenza aveva ceduto al prevalere di un'idea.

L'idea che un figlio deve avere l'occasione di fare altro. Di cambiare la propria vita, che nessuno è predestinato, che ognuno dovrebbe poter sviluppare un talento, se ce l'ha. A qualsiasi costo.

La persona in piedi, incantata dalla polvere che svolazzava dentro il raggio di sole che si intrufolava all'interno, si chiese se sarebbe mai stata perdonata per aver avuto quella convinzione e per averla sostenuta con tutte le forze. Perché era stata quella convinzione ad aver condotto le loro vite lì, dove si trovavano adesso. Anche se chi la pensava diversamente, chi aveva sostenuto in quel tempo che non valeva la pena cambiare quartiere e soprattutto pagare tutti quei soldi per l'altra scuola, non c'era più da molti anni.

Si voltò e andò verso la poltrona.

«Adesso ti cambio, va'. Meglio, no? Magari hai fatto tanta pipì come sempre, e siccome non fa freddo ti irrita la pelle. Dai, un po' di pazienza e poi torni a guardare gli animali del documentario. Ti piacciono, eh? Ti sono sempre piaciuti, gli animali».

Le operazioni di cambio del pannolone. Sempre le stesse, gli stessi movimenti nella stessa successione. Ricordò un film che aveva visto tanto tempo prima, in cui venivano addestrati soldati a smontare e rimontare un'arma sempre in meno tempo. Qualcosa del genere.

«E allora, come ti stavo raccontando ho risolto pure con il regista. Quello schifoso, quel pervertito. L'ho lasciato quasi alla fine perché era il maggior colpevole, no? Quello che fece arrivare la roba là dentro, quello che fin da allora era deviato e si capiva immediatamente. E ho fatto bene, perché è stata la cosa più complicata».

L'interruzione per andare a prendere la bacinella con l'acqua tiepida, esattamente della stessa temperatura dell'esterno.

«Non che sia stato difficile entrare, anche se stavolta non era questione di soldi ma di bravura. Un maniaco, fissato col minimo segno, la polvere, tutto. Quando ho messo i guanti di gomma, pensa, ha sorriso felice come un bambino. Così si fa, ha detto. Così si fa, non lo fa mai nessuno, vedrai che andremo d'accordo».

Scoppiò a ridere, una risata che sembrava carta vetrata su una lavagna. Quando non si è abituati, ridere viene male.

«Tutto filava liscio, quando a un certo punto si è messo al telefono. Vabbè, ho pensato io, aspetto che finisca. Invece quello parlava con uno che stava lavorando, cercava di costringerlo a rispondergli, uno schifo che non ti voglio nemmeno dire, faceva rivoltare lo stomaco. Io tranquillamente continuavo a fare quello che dovevo fare, cercando di prendere posizione. Ormai ho esperienza, dovresti vedermi. Quando l'ho tenuto là, pronto sotto tiro, be', all'improvviso ha cominciato a parlare delle rose».

La mano che stava lavando la pelle e controllando eventuali irritazioni si fermò, come attendendo una replica. Che naturalmente non arrivò.

«Era sicuro che gliele avesse mandate il tizio con cui stava parlando. Lo so, il pericolo c'è sempre, ma se quello gli avesse detto che cadeva dalle nuvole allora avrebbero cominciato a chiedersi chi e come, da dove e perché. Io ho drizzato le orecchie, sperando che la conversazione si chiudesse senza danni».

Si alzò e andò a prendere una pomata rinfrescante dal comodino.

«Mettiamocela questa, non si sa mai. E quindi ho aspettato, fino a quando, non ci crederai, quello ha fatto un riferimento alla commedia! Proprio a quella! Ha detto: quanto è romantico questo riferimento al mio esordio. Ti sei ricordato. Dall'altra parte il tizio sarà caduto dalle nuvole, figurati se si ricordava di questa cosa, non voglio nemmeno immaginare come e quando se la saranno detta, ma sta di fatto che ci aveva pensato. A quel punto ho dovuto risolvere la cosa immediatamente, al solito avvolgendo lo strofinaccio attorno alla canna per fare meno rumore. Il problema è che quello stava al telefono dall'altra parte!».

La pomata fu stesa sulla parte che non rilevava arrossamenti, a titolo precauzionale. Poi, come di consueto, tirò fuori la scatola dei pannoloni da sotto il letto.

«Ho preso la cornetta da terra e l'ho rimessa a posto. A quel punto però avevo poco tempo, in fondo il tizio dall'altra parte avrebbe potuto chiamare la polizia, non ti pare? Non dovevo lasciare niente al caso, quindi ho ripulito tutto e ho messo ogni cosa al suo posto. Poi ho scelto un punto d'osservazione, un tavolino a un bar di fronte, e ho aspettato. Per due ore non è arrivato nessuno. Tutto in ordine, quindi».

Il pannolone fu aperto e collocato in posizione.

«Però ci pensi? Se fosse stato il primo, e avrebbe potuto perché sai che ho sempre pensato che fosse lui il principale responsabile, magari l'elemento della commedia avrebbe messo la polizia sull'avviso. È roba vecchia, vecchissima, lo so, ma chissà, un'inserzione, una notizia, qualcosa che si può trovare su questo cavolo di internet, che pare che ci sia dentro tutto e il contrario di tutto. E così mi fermavano, ed era finita».

Gli adesivi furono fissati con abilità e cura, né troppo stretti né troppo larghi. Con ordine e precisione, come avveniva quattro volte al giorno, come doveva essere.

Si alzò e fece un passo indietro, esaminando il tutto con occhio critico e successiva soddisfazione.

«Non mi importa di andare in galera, lo sai. Si prenderanno cura di te, forse anche meglio di come faccio io. Ma non posso pensare di non finire l'opera. Tutti, tutti devono pagare, perché forse non c'è un meno colpevole e un più colpevole. È per questo che ho lasciato per ultimo chi non c'era, chi non era presente: perché questo non l'assolve».

Ritornò a fissare la piazza di periferia, dove i bambini giocavano ignari del destino.

«No. Non l'assolve affatto».

XXVII

Quando Rudy fu uscito alla ricerca di quello che gli era stato chiesto, calò nella stanza di Mina uno strano silenzio.

L'atteggiamento di Domenico era cambiato, assumendo caratteristiche quasi ostili. L'assistente sociale non se lo spiegava; lo avrebbe compreso e amaramente giustificato prima, di fronte alla sua asprezza immotivata e ai frequenti irrazionali attacchi. Ma adesso che cosa era accaduto? Quell'incrocio di sguardi a pochi centimetri, quel momento di abbandono purtroppo intempestivamente interrotto dall'arrivo del portinaio in che modo costituiva una frizione?

Inspiegabilmente e assai incoerentemente, Mina provava un senso di malinconia e di disagio. Come se durante una salita difficile e complicata si scivolasse e si rotolasse di nuovo a valle senza più l'energia di tornare in cima.

Il medico si alzò di botto, le sopracciglia aggrondate e la mascella indurita. Senza guardarla disse:

«Poi lungo la strada mi spiegherai che hai in mente. Ora scusami ma devo andare in ufficio, ho una chiamata da fare».

Se ne andò, lasciando Mina profondamente inquieta. Al di là della spiccicata somiglianza col Redford di *Brubaker*, un film che adorava, quell'uomo aveva qualcosa di rabbioso, di sofferente che da un lato la spaventava e dall'altro le faceva venire voglia di saltargli addosso e dar luogo a una sessione sfrenata di eventi innominabili. Le sue amiche, potendo assistere al filmato dei suoi pensieri, avrebbero per sempre cambiato l'opinione virginale e monastica che avevano di lei.

Il pensiero delle amiche le fece venire in mente il coinvolgimento di una di esse nell'articolazione del folle piano. Per cui si avvicinò al davanzale e si collocò nel solito precario equilibrio necessario al reperimento delle tacche minime per una chiamata, posizione che ricordava vagamente una Statua della Libertà con la cifosi.

Dovette spiegare la questione, naturalmente; Luciana non lesinava certo i finanziamenti, ma in cambio voleva almeno essere fruitrice di una bella storia.

Mina la intrattenne perciò infiorettando abilmente la vicenda di Flor e Ofelia: l'età della bambina fu abbassata un po' e quella della madre alzata, i suoceri ancora sconosciuti furono dipinti come cerberi inaggirabili e subdoli carcerieri, Caputo Alfonso come un violento capomafia pedofilo e stupratore. Ma fu l'ipotetica relazione di lui con una serba che colse il segno: Lulù era stata per molto tempo innamorata di un poeta straniero, che se n'era poi andato proprio con una ragazza di quella nazionalità. L'opportunità di ricambiare il destino con la stessa moneta fu decisiva nel convincerla.

Mina finì di spiegare il suo compito all'amica e si dispose all'attesa di Rudy, senza poter fare a meno di riflettere su come recuperare il pessimo ma di fatto esistente rapporto con Domenico.

Il ginecologo aveva passato una notte insonne, e quindi quello che aveva a muso duro espresso a Mina era assolutamente vero; tuttavia avrebbe mentito anche a se stesso se avesse attribuito la veglia al pensiero di Flor e Ofelia.

Certo le due c'entravano, eccome. Aveva scelto il suo mestiere proprio perché non sopportava la sofferenza delle donne, che percepiva come esseri da difendere a ogni costo, e le ferite che aveva visto sul volto della madre, la sua andatura claudicante, l'espressione di assoluto dolore gli facevano ribollire il sangue. Ma non era solo quello.

Il dottor Gammardella per la prima volta in vita sua si sentiva sporco.

Il suo rapporto con Viviana non era certo soddisfacente, data la distanza e la crescente differenza di ideali e di posizioni ideologiche, ma lui non aveva mai sentito l'esigenza di qualcos'altro. Le occasioni non sarebbero mancate, lo capiva perfino lui che pure non aveva cognizione della propria avvenenza, ma semplicemente non ne sentiva l'esigenza. Non era uno di quelli che hanno un disperato bisogno di una donna nel letto o al fianco: il lavoro e lo studio gli bastavano, e per la socialità non restava tempo. Il contatto sporadico, i rari incontri che riusciva ad avere con Viviana erano più che sufficienti a mettere un segno di spunta sulla casella dei sentimenti nell'elenco delle componenti della sua vita.

Quando però il giorno prima si era trovato all'improvviso, e secondo circostanze che nemmeno riusciva a ricostruire nonostante ci avesse provato un milione di volte, a tenere Mina tra le braccia, gli si era rotto qualcosa dentro, come un argine, e un misterioso liquido scuro gli aveva invaso il cervello e lo ottenebrava ancora.

Mina era una bella donna, di questo era stato ovviamente consapevole fin dal primo incontro. Non un gran carattere, scontrosa e a volte esageratamente reattiva: questo era probabilmente il motivo per cui non vedeva un anello al suo dito, e si tratteneva al consultorio ben oltre l'orario d'ufficio, ma davvero una bella donna. Non avrebbe potuto negare, il medico, che fin dall'inizio quando le si trovava di fronte aveva provato un vago languore in un punto non censito nei libri di anatomia e che avrebbe collocato vicino allo stomaco. La faccenda però finiva lì, perché l'atteggiamento non certo amichevole di lei aveva soffocato la sensazione.

E poi era successa quella cosa, indecifrabile o forse fin troppo chiara. Tutta quella femminilità a un millimetro, il calore del respiro sul volto, certamente: ma adesso che si trovava nel suo ufficio, dopo aver fatto cenno alle postulanti che aveva bisogno di qualche minuto, davanti allo schermo del computer con il dito indeciso sul tasto del mouse, doveva ammettere che a fregarlo erano stati gli occhi di lei. Rudy, fosse stato presente al dibattito interiore di Domenico, sarebbe saltato a questo punto in piedi reclamando con enfasi sacerdotale l'attenzione su un altro paio di attributi della dottoressa, ma non il dottore: lui aveva letto quel misto di desiderio e di smarrimento, di furia e di nostalgia, di speranza e disperazione che lo aveva sedotto definitivamente. Gettandolo nel contempo nel più profondo degli sconforti, perché era un uomo impegnato e agli impegni, così gli era stato insegnato, non si veniva meno.

Era questo che l'aveva tenuto sveglio tutta la notte. La dicotomia, lo iato, l'abisso tra quello che voleva e quello che doveva fare. Ce l'aveva con Mina, sì, perché passivamente e senza dargli occasione, non dimostrando alcuna reale volontà di stringere un rapporto con lui, lo aveva messo in crisi. E Gammardella Domenico, chiamami Mimmo, in crisi non ci era mai andato.

C'era solo una cosa da fare, e doveva farla subito. Un clic sinistro su un'icona del desktop.

Uno squillo melodioso e artificiale, un altro. Un profondo respiro, un altro. Poi sullo schermo si manifestò il bel viso di una dottoressa senza frontiere molto assonnato, in un letto da campo a mezzo mondo di distanza, dov'era piena notte.

In secondo piano, però. Perché in primo piano c'era un uomo di colore dall'aria vigile e dalle spalle molto larghe.

A torso nudo.

XXVIII

De Carolis si vantava di tenere sempre la porta del-
l'ufficio aperta. Dava l'idea di un'assoluta trasparen-
za, e la sua leggendaria capacità di concentrazione gli
consentiva di lavorare tranquillamente mentre nel corridoio c'era il frenetico viavai del Palazzo di Giustizia.
Era una delle cose che metteva Gargiulo in maggiore
difficoltà, perché quando aveva qualcosa da comunica-
re lo costringeva a collocarsi sulla soglia in attesa del-
l'attenzione di De Carolis.

Nella fattispecie si trovava là da almeno cinque minuti, senza che il magistrato avesse smesso di battere
sulla tastiera del computer con aria truce, non degnan-
dolo di uno sguardo. Un minuto ancora e tossisco,
pensò. Trenta secondi e tossisco, pensò.

Tossì.

De Carolis non spostò gli occhi dal display, ma almeno disse con tono distratto e un po' lugubre:

«È stizzosa, Gargiu'. Gliel'ho detto, è stizzosa. Si
faccia vedere».

Il maresciallo batté i tacchi:

«Signorsì, dottore, ho già chiesto appuntamento al
medico della compagnia. Piuttosto, volevo relazionare

198

sul rapporto della scientifica e sulle ricerche informatiche, se mi permette».

De Carolis rilesse un paio di righe, tornò indietro a un certo punto del testo imprecando sottovoce, fece una rapida correzione, salvò il file e poi concesse la sua piena attenzione al carabiniere che, come sempre quando questo avveniva, si pentì di essersi arrampicato fin là.

«Allora, dottore, in casa di Morra ovviamente niente. Si rileva l'assenza totale di impronte sulla cornetta del telefono, neanche quelle del morto che pure, come sappiamo, stava usando l'apparecchio quando è appunto morto. Questo lascia dedurre che qualcuno abbia pulito l'oggetto successivamente».

De Carolis annuì assorto.

«O, in alternativa, che Morra fosse telecinetico e che usasse parlare al telefono senza toccarlo. O ancora che, colpito alla testa ma maniaco della pulizia com'era, prima di accasciarsi al suolo abbia un attimo ripulito la cornetta, così, per non lasciare ditate sulla plastica».

Gargiulo scosse il capo.

«Questo però contrasterebbe con quanto affermato nel rapporto del medico legale, dottore, che asserisce che il Morra è morto istantaneamente».

De Carolis strinse e aprì il pugno un paio di volte.

«Come spesso accade a chi ha una pallottola nel cervello, infatti. Chiedo scusa per l'interruzione, Gargiulo. Andiamo avanti».

Il maresciallo sorrise soave.

«Non si preoccupi, dottore, se ha delle ipotesi o dei dubbi li esponga pure».

De Carolis si tolse gli occhiali e si mise entrambe le mani sulla faccia. Tacque un attimo, e quando Gargiulo chiese sollecito: «Dottore, un po' di mal di testa? Le prendo dell'acqua?», rispose:

«No, no, Gargiulo, per carità. Continui. È solo stanchezza. Sono stanco di vivere, per l'esattezza».

Il carabiniere tossicchiò ancora e riprese:

«Nessuna impronta rilevata anche sulle altre scene del delitto, non manca nulla a quanto riscontrato anche con De Luca, che pare molto... pratico dell'appartamento, le sue impronte infatti sono un po' dovunque, compresa la strana ricorrenza di un set completo di entrambe le mani dietro la spalliera del letto, come se avesse afferrato il...».

De Carolis scattò in piedi, la bava alla bocca:

«Gargiulo, cazzo! Vada avanti, non mi interessa la posizione che assumeva De Luca! Cioè, la posizione delle mani di De Luca quando... Insomma, andiamo alle cose rilevanti, per favore!».

Il maresciallo sbatté le palpebre:

«Ma dottore, come facciamo a sapere che cosa è rilevante e cosa non lo è? Non dobbiamo vagliare tutto per poter poi trarre le conclusioni? Alla scuola superiore di investigazione, si raccomandava di...».

De Carolis si era avvicinato con passo rigido alla finestra e fissava la strada, venti e più piani sotto.

«Gargiu', secondo lei se uno si butta da qui ha la garanzia di morire, vero?».

Il carabiniere batté i tacchi in senso affermativo. Poi capì l'antifona, arrossì e riprese in fretta.

«Quindi pensiamo che l'assassino abbia indossato guanti, perché a parte la cornetta nessuna superficie, almeno così mi dice la scientifica, sembra essere stata ripulita con l'intenzione di cancellare impronte. Comunque la stanza, come le altre scene del delitto, risultava estremamente in ordine e molto pulita. E veniamo alle rose, dalle quali abbiamo ricevuto conferme a quanto sappiamo già dagli altri luoghi».

Scartabellò tra i fogli che aveva in mano, mentre il magistrato continuava a guardare di sotto con inquietante interesse.

«Dodici, di età diverse, più o meno un giorno o due. La solita distanza dalle altre, una perfetta continuità: diciamo che dopo avere regalato le prime, l'assassino cominciava con la vittima successiva, ammesso e non concesso che i delitti e le rose siano collegati, naturalmente».

De Carolis si voltò sorpreso:

«Quindi lei valuta che l'assassino colpisca casualmente tutti quelli che hanno ricevuto dodici rose in regalo, è così, Gargiu'? Dica, dica: perché se è così la mia domanda di prima cambia, e diventa: se uno butta un maresciallo da quest'altezza, siamo sicuri che il maresciallo si spiaccichi correttamente al suolo?».

Gargiulo fece un istintivo passo indietro verso la soglia.

«No, no, naturalmente no, dotto', è che fin quando non emerge un collegamento reale, esplicito, le due cose non si possono mettere necessariamente in correlazione, le pare? Ammetto che la coincidenza, tenuto conto della corrispondenza dell'arma usata per i delitti, è molto particolare, ma...».

De Carolis andò alla scrivania, si rimise gli occhiali che erano rimasti sul piano e si lasciò cadere sulla sedia. All'improvviso si sentiva molto, molto vecchio.

«Ah, quindi abbiamo la conferma della Luger P08 anche per Morra. Be', è un conforto. Significa che abbiamo dedotto bene, finora. La stampa non sa niente, vero?».

«No, dottore, siamo riusciti a tenere nascoste le rose e le risultanze balistiche. Ovviamente il collegamento tra i delitti è stato ipotizzato da qualche giornalista, ma senza certezze. Non so quanto a lungo ci riusciremo, però, perché il Morra era abbastanza noto in città, contrariamente agli altri che non erano conosciuti, a parte Santoni Giuseppe, il musicista».

«Già. Però adesso sappiamo di questo spettacolo teatrale, no? Qualcosa che ha a che fare con dodici rose, addirittura il debutto come scenografo del famoso Morra. Avete fatto le ricerche informatiche, no?».

Gargiulo assunse un'aria avvilita.

«Ecco, dottore, purtroppo da questo punto di vista non ho grandi notizie. I ragazzi si sono dati da fare e ci stanno lavorando ancora, ma non hanno trovato niente».

De Carolis restò a bocca aperta.

«Come, niente? Scherziamo, Gargiulo? L'esordio di uno dei più stimati scenografi italiani, che ha lavorato pure all'estero, un vanto nazionale e non si hanno notizie sul web?».

Gargiulo batté i tacchi mesto.

«Sì, dottore. Abbiamo cercato ovunque, e non ci siamo certo fermati; ma in tutti i saggi e gli articoli scritti su Morra l'esordio risulta essere l'allestimento di *Come vi piace*, di Shakespeare, al teatro Moderno nel febbraio del '97. Prima non ci sono tracce di altre cose. Ma le ripeto, ci stiamo dando ancora da fare, ho mandato perfino un paio dei nostri all'emeroteca per vedere se trovano qualcosa sui giornali».

De Carolis annuì muto, fissando il vuoto. Poi si alzò di nuovo e con le mani dietro la schiena, come sempre, tornò alla finestra.

A mezza voce, come parlando a se stesso, disse:

«Eppure a me 'sto fatto delle dodici rose dice qualcosa. Non capisco bene che, ma qualcosa me la dice».

Gargiulo, mormorando un saluto, guadagnò l'uscita e si dileguò.

XXIX

Fissavano tutti e tre il veicolo parcheggiato nell'angusto cortile del palazzo, con sentimenti diversi. Rudy era fiero, rigirandosi tra le minuscole mani un cappello con visiera da autista di almeno tre misure troppo grande. Domenico era indifferente, preso da altre epocali questioni.

Mina era allibita.

«Trapane', ma che è 'sta cosa? E dove ci avviamo, in queste condizioni? Ma stiamo scherzando?».

Rudy si voltò, riuscendo nella difficile impresa di sembrare altezzoso, difensivo e satiro con la stessa espressione.

«Dottore', questo c'era disponibile e questo mi hanno dato. Non mi pare che possiamo guardare tanto per il sottile, non vi pare? E poi non capisco che ci sta che non va: è piccola e maneggevole, per infilarsi nei vicoli è perfetta; ci ha la sirena, come avevamo detto; è ospedaliera, come era necessario. Non ci manca niente, insomma».

Il veicolo era una Panda bianca e rossa, marcata ASL, con la scritta *Trasporto sangue*.

Domenico disse, dubbioso:

«Ma se qualcuno dovesse fermarci? Dovremmo giustificare...».

Rudy rispose, bellicoso:

«Scusate, dotto', ma io non vedo proprio dove sta il problema. C'è scritto che trasportiamo sangue, no? E ci siamo tutti e tre, a bordo. Be', non ne teniamo sangue in corpo, noi? Io poi, dico la verità, quando ci sta la dottoressa, non per fare un complimento, mi sento ancora più pieno di sangue. La macchina trasporta noi, noi conteniamo sangue, quindi la macchina trasporta sangue».

Mina lo fissò con evidente disgusto.

«Trapanese, lei avrebbe dovuto fare l'avvocato. Dei peggiori, per l'esattezza. E poi, chi ha detto che deve venire anche lei con noi? Io e il collega siamo più che sufficienti, e peraltro potremmo sostenere che ci siamo mossi per dovere d'ufficio, lei invece...».

«Ah, no, dottore'. Non se ne parla proprio. L'amico mio la macchina l'ha affidata a me, quindi non posso farla guidare a nessuno. E poi, i vicoli di questa città con tutto il rispetto non sono né per una donna né per uno di Campobasso. È tutto un altro codice della strada, credetemi».

Detto ciò con tono deciso, calzò il cappello che immediatamente gli si collocò sotto l'arcata sopracciliare e saltellò fino allo sportello di guida.

Mina e Domenico si guardarono, poi entrarono a loro volta, Domenico dietro e Mina davanti. Rudy avviò e partì.

Anzitutto, per dare l'idea di ciò che da quel momento e fino a sera furono gli spostamenti che compirono con quel mezzo, bisogna chiarire che la maniera di guidare di Rudy era classificabile nella categoria horror. Sembrava una via di mezzo tra una scena hard di inseguimento di un *Mission Impossible* in cui si era scelto di utilizzare stuntmen anche per quelli che camminavano per strada e la scena dei carri di *Ben-Hur*. Tecnicamente, l'ometto piantò il piede sull'acceleratore fissandolo al suolo e non lo mollò più, utilizzando le marce per i rari e momentanei rallentamenti che credette di concedere. Di freni manco a parlarne: come se si fosse messo d'accordo con chi gliel'aveva imprestata che la sola cosa che avrebbero controllato era lo stato d'uso di quell'unico impianto.

A Domenico e Mina pareva incredibile che nessuno chiamasse la polizia. Anzi, sostanzialmente sembrava che i pedoni e gli altri veicoli in strada si aspettassero quel tipo di guida. La sirena era più un salvacondotto che un avviso: con velocità estrema e senza cambiare l'espressione annoiata del volto, carrettieri, commercianti, giovani, vecchie e bambini spostavano cassette ed espositori, mettevano al sicuro le carrozzine e si gettavano in finestre e porte aperte, facendo miracolosamente strada a Rudy il quale aveva la vista dimezzata dal cappello ma sembrava spassarsela un mondo.

Arrivarono in vico Albanesi 50 prima ancora che Mina potesse tirare il respiro, e solo quando la Panda si fermò con un sussulto l'assistente sociale ritrovò un minimo di voce.

«Io non ci credo che un paese che si crede civile abbia consentito a darle la patente, Trapane'. Lei non è un criminale, è proprio il crimine fatto persona».

Rudy le sorrise, soave e sdentato.

Mina, continuando a fissarlo truce, disse:

«Allora, il piano è questo. Siamo qui per uno screening sui tumori femminili disposto dal ministero della sanità per le immigrate. Gratuito, naturalmente, il che attrae sempre. Abbiamo delle liste, e Ofelia è su una di queste. Anche Flor dev'essere visitata, in quanto figlia femmina. L'obiettivo naturalmente è restare da soli con loro, per offrire la soluzione che vi dicevo in consultorio e capire se l'accettano. Io spero di sì. Se dovessero dire di no, ce ne andiamo e rinunciamo: non si può aiutare qualcuno suo malgrado. Siamo d'accordo?».

Domenico si strinse nelle spalle. Sembrava stranamente catatonico, e Mina lo fissò preoccupata.

Rudy disse:

«Dottore', io aspetto qua perché se no della macchina troviamo solo la carrozzeria, l'unica che non può essere rivenduta come pezzo di ricambio. In più se dovesse arrivare Caputo, che da quello che ho saputo dal fidanzato di mia nipote non ci dovrebbe essere perché hanno una riunione di vertice nel vesuviano, una specie di congresso, diciamo così, attacco la sirena e vi avverto».

Mina annuì, ammirata.

«Complimenti, Trapanese. Un'ottima tattica. Va bene, andiamo».

Sotto gli occhi blandamente interessati di una portinaia mitologica, nel senso che era mezzo donna e mezzo sedia sgangherata, entrarono in un ascensore miracolosamente funzionante. La cabina, che era stata ricavata in un'asfittica tromba delle scale, era strettissima e a stento capiente per due persone, previste con una fisicità diversa da quella di Mina.

Il tempo dell'ascesa fu durissimo per entrambi, perché replicò il contatto casuale del giorno prima che tanti danni aveva addotto. Mina fissò lo sguardo su una di quelle zanzare che misteriosamente in ogni stagione abitano gli ascensori, enorme e veneranda, ferma in un punto della parete dalla quale sarebbe sloggiata solo in caso di minaccia fisica.

Domenico respirava piano, fissando sopra la testa di Mina. Dai capelli e fino al plesso solare pensava al volto dell'uomo che aveva risposto al telefono di Viviana, e al fatto di aver chiuso immediatamente la comunicazione restando a bocca spalancata col cuore in gola senza rispondere alle frenetiche richiamate di lei, fino al messaggio che aveva trovato sul cellulare quando era uscito a prendere aria, tornando raggiungibile. *Mi dispiace. Non volevo lo sapessi così.*

Dal plesso solare in giù, invece, il suo corpo urlava ottuso in risposta al contatto con la florida femminilità (eufemismo di cui sarebbe stato orgoglioso) di Mina. Quindi stava statisticamente bene.

Come che fu, l'ascensore arrivò al piano, ed entrambi si catapultarono all'esterno. Lui indossava il camice, lei teneva in mano una cartellina e una penna. Sembravano veri.

Alla porta venne una donna anziana, dagli occhi piccoli e diffidenti. Mina cominciò a parlare, e lei rispose secca:

«Non ci serve niente».

Con un breve sospiro, Mina suonò di nuovo il campanello. Stavolta insieme alla donna anziana c'era un uomo anziano, con gli occhi piccoli e diffidenti. Sembravano gemelli.

«Non ci serve niente, avete capito o no?» disse l'uomo con voce dura.

Mina si strinse nelle spalle, con noncuranza e si rivolse a Domenico.

«Va bene, andiamocene, Gammardella. Nemmeno le analisi gratis vogliono, questi. Vuol dire che manderemo gli ispettori sanitari a fare un bel controllo, così davanti a una bella multa imparano l'educazione. Buona giornata».

Si girò per andarsene, scommettendo tra sé sulla donna per rapidità di pensiero e di azione. Vinse la scommessa.

«Un momento, dottore', non avevamo capito. Se ci potete spiegare, noi ci credevamo che ci volevate vendere qualcosa».

Rapidamente Domenico spiegò all'uomo cosa fingevano di dover fare, perché aveva capito che in quel contesto le regole tribali prevedevano che i discorsi seri li facessero i maschi mentre le schermaglie introduttive fossero lasciate alle donne. Mina lo avrebbe strangolato là per là, ma lo avrebbe anche baciato furiosamente.

L'uomo finse di aver capito, e si spostò di qualche centimetro. Era un inequivocabile permesso ad accedere in casa sua.

L'odore di cipolla li colpì come un maglio in pieno petto. La donna disse, orgogliosa:

«La genovese».

Furono introdotti in un salotto che puzzava di stantio, arredato come in un film degli anni Settanta.

La donna disse:

«Se ho capito bene voi regalate un esame medico alle donne immigrate, è così? Quindi a mia nuora, che sta di là. Dovete sapere che è caduta dalle scale, ieri è andata al pronto soccorso, sta un po' acciaccata. L'esame si può fare lo stesso, sì?».

Domenico sorrise affascinante, e a Mina ricordò il Redford di *Il migliore*, che anche se parlava di baseball era uno dei film che amava di più.

«Non si preoccupi, signora. E naturalmente sarò felice, trovandomi qui, di fare un esame alle altre donne della casa, quindi anche a lei».

L'espressione diffidente si dissipò subito e aprì un sorriso di inaspettata bellezza. Domenico fece una superficiale visita alla vecchia, in esito alla quale le consigliò delle vitamine facendole i complimenti per una pelle ancora giovane e flessibile. A Mina sembrava una dannata rugosa tartaruga, ma apprezzò la strategia del collega.

Blandita e convinta, la donna disse flautata:

«Dottore, vi vado a chiamare mia nuora e mia nipote, che è bellissima e tutti dicono che è tale e quale a me. Così le vedete e mi dite come stanno».

Dopo qualche minuto si ritrovarono davanti agli occhi spalancati per la sorpresa e per il terrore di Ofelia e Flor. Sorridendo e come se si incontrassero per la prima volta, Mina spiegò suadente il motivo falso per cui si trovavano da quelle parti, nel contempo raccomandando con lo sguardo di fornire collaborazione. La bambina fu la prima a rendersi conto della situazione, e finse di fare un capriccio per non farsi visitare.

La nonna allora, per convincerla, le disse che avrebbe fatto visitare prima la mamma che poi le avrebbe confermato che non c'era nulla da temere. Nel frattempo le avrebbe dato dei biscotti, per cui doveva seguirla in cucina. Per quanto riguardava il nonno, si era collocato nel corridoio perché si sapesse che era lui il padrone di casa, ma che sapeva essere discreto all'occorrenza.

Quando furono soli ed ebbero chiusa la porta, Mina fissò Ofelia in volto e disse:

«Ofelia, se vuole io posso mandarla a casa, in Perù, insieme a sua figlia. Oggi stesso. E vi salverete tutte e due, altrimenti vi aspetta soltanto una vita di grande sofferenza. Non abbiamo molto tempo. La decisione va presa adesso».

XXX

De Carolis chiuse la porta dell'ufficio e si avviò all'uscita. A vederlo non sembrava stanco, piuttosto concentrato su qualcosa.

Salutò distrattamente la guardia, che gli rivolse a sua volta uno stanco cenno. Il rumore dei passi nell'androne, e poi in strada, sembrava conciliare i pensieri.

Non era di quelli che voleva la scorta, anche per questo aveva scelto di evitare un certo tipo di indagini. Preferiva occuparsi dei delitti passionali, gli scoppi d'ira, le violenze morali, le schiavitù domestiche. Erano quelli, i crimini del pianerottolo, gli accoltellamenti in cucina, le furibonde liti familiari, a sconvolgerlo davvero.

Perché De Carolis era alieno dalle grandi passioni. Provava al massimo un po' di irritazione, pur non essendo particolarmente portato alle reazioni silenziose: ma gli scoppi di ira come pure i grandi slanci no, quelli non facevano per lui.

La donna che stava frequentando gli diceva sempre che amava la sua ironia, il sarcasmo, i sorrisi molto più delle risate o degli abbracci che stritolavano. L'aveva conosciuta durante un'indagine per un caso di stalking, con un tizio che la soffocava di passione fin quando aveva cominciato a soffocarla di attenzioni, e alla fine aveva tentato di soffocarla e basta usando un cuscino da divano di un ristorante. Una così, che i sentimenti forti li aveva visti da vicino e ne era rimasta quasi uccisa, doveva per forza essere affascinata da uno come De Carolis, che andava da meno zero virgola uno a più zero virgola uno. Si definiva un equilibratore.

Stavolta però, pensava mentre percorreva con le mani intrecciate dietro la schiena la via principale del Centro Direzionale verso i parcheggi sotterranei, la questione era strana. Assai strana.

Perché se era vero che sentiva forte e chiara la passione in ogni delitto, rabbia cieca, furia vendicatrice e assenza di pietà, era altrettanto vero che la pianificazione degli assassini era follemente lucida, assolutamente premeditata e accuratamente predisposta.

Non sopportava nemmeno l'idea del serial killer, De Carolis. La riteneva un'astrazione, un'americanata fatta per vendere romanzi, film e telefilm. Uno può ammazzare più persone, certo, ma come fosse una sola, secondo un unico principio. Non aveva mai creduto al tizio che sventra tutte le puttane coi capelli rossi perché da piccolo una maestra coi capelli rossi gli dava le totò sul culetto. Roba da invenzioni narrative.

E invece stavolta, pensò De Carolis, sembrava proprio qualcosa del genere. I morti slegati completamente tra loro, nessun contatto, avevano passato al setaccio conti correnti, rapporti sociali, frequentazioni. Un avvocato ricco e stakanovista, una casalinga sfatta e malinconica, un musicista con un grande futuro dietro le spalle, uno scenografo gay e di successo. In comune solo più o meno l'età, e con lo scenografo che era più grande nemmeno quella.

La faccenda delle rose, poi, era ciò che lo inquietava di più. Gli risuonavano nelle orecchie le parole di Gargiulo, una rosa al giorno e a distanza di poco tempo una nuova serie con un altro obiettivo. Chissà se aveva finito, o se c'era qualcuno da qualche parte che si chiedeva chi fosse il misterioso ammiratore che gli regalava un fiore ogni santa giornata.

Fino a dodici.

Perché dodici, si può sapere? Perché dodici, maledetto? I mesi dell'anno? Si era messo a smanettare, e aveva scoperto che dodici erano gli apostoli, dodici i cavalieri della dannata tavola rotonda, dodici gli dèi maggiori dell'Olimpo. Dodici le fatiche di Ercole, dodici i Titani; perfino il numero sacro della trasformazione alchemica era dodici.

Quindi, mi spieghi che dodici è? Dodici rose, perché?

Sembrava a De Carolis che in qualche maniera l'assassino, con questa storia del dodici, volesse essere scoperto. Non credeva alle sfide, ma solo alla volontà di firmare in un modo molto originale la propria opera. E chi firma qualcosa, lo fa perché si conosca il suo nome.

Il magistrato arrivò all'auto e aprì lo sportello.

Poi c'era quella fastidiosa questione personale, naturalmente. C'era da capire per quale arcano motivo quelle parole, «le dodici rose», gli suonavano familiari.

Perché gli ricordava qualcosa di antico e sopito, che giaceva sotto la coltre di molti cambiamenti? Per quale ragione fin dall'inizio, quando le aveva viste nel vaso dell'avvocato De Pasca, gli avevano dato un po' di fastidio, come una vecchia cicatrice?

Accese il motore, e sospirò.

Forse era il caso di fare una telefonata.

XXXI

Domenico lanciò un'occhiata preoccupata alla porta e disse:

«Non abbiamo molto tempo, Ofelia. Deve decidere in fretta».

La donna, con le labbra strette, scuoteva piano la testa fissando il vuoto. Negli occhi neri c'erano tanta paura, incertezza, diffidenza: ma anche un disperato desiderio.

Mina decise di fare leva su quello.

«Casa, Ofelia. Casa. Là ci sono i suoi genitori, i suoi spazi, le sue cose. E anche Flor potrebbe essere felice, quando ci ha parlato dei nonni peruviani le brillavano gli occhi. Cosa lascerebbe qui?».

Ofelia sollevò lo sguardo su di lei. Su questo non c'erano dubbi.

«Niente. Io non lascerei niente. Non c'è nessun amore, se un uomo fa questo a una donna. Non mi ammazza perché c'è Flor, altrimenti lo avrebbe già fatto».

Domenico disse, tagliente:

«E per quanto tempo basterà Flor, me lo dice? Quando succederà che la caduta per le scale le farà rompere una vertebra e la ucciderà, o peggio la lascerà su una sedia a rotelle?».

Mina rincarò la dose.

«E di Flor allora cosa accadrà? Magari andrà in mano a uno uguale al padre, e avrà una vita di sofferenze. Se non altro, deve farlo per lei!».

Suonò il campanello, e tutti e tre trattennero il fiato. Dal corridoio arrivò un breve scambio di battute tra il suocero e un fornitore, poi la porta d'ingresso si chiuse e poterono tornare a respirare.

Ofelia disse:

«A volte rientra all'improvviso. E c'è sempre qualcosa che non va. Se è nervoso per il lavoro, se la prende con me. Sempre».

Domenico sussurrò:

«Non si può vivere, così. La prego, Ofelia. La prego».

La donna tacque. Stava lottando con l'ultima barriera. Allungò le dita tremanti verso il livido che aveva sul collo, ma non arrivò a toccarsi.

Alzò lo sguardo e fissò gli occhi calmi in quelli di Mina.

«Va bene. Sì. Fatemi tornare a casa».

Mina sorrise, e per il sollievo allungò una mano verso Domenico che gliela strinse. Si fissarono per un attimo che durò una vita.

«Bene. Allora, facciamo così: deve prendere solo i passaporti, nient'altro. Nessuno deve pensare che state partendo, compreremo tutto fuori. Non portate nulla, nemmeno una mutandina, niente. Mi ha capito bene?».

Ofelia fece cenno di sì.

«Il passaporto lo tengono nascosto, Flor è sul mio perché gli hanno detto che non deve risultare con figli per questioni di... di lavoro. Ma so dove lo tiene mio suocero, posso riuscire a prenderlo, credo. Dirò che c'è un incontro a scuola. Non sono cattivi, loro. Hanno paura del figlio. Come me. Come tutti».

Mina comprese che non doveva lasciare che in Ofelia prevalesse il terrore sull'istinto di salvarsi.

«Non lo vedrà mai più. Non lasceremo che le faccia del male. Mai più».

Domenico annuì.

«Facciamo presto».

Mina riprese:

«Noi aspetteremo all'angolo della piazza per tutto il tempo che ci vorrà, faccia le cose con calma per non dare nell'occhio. Siamo con una Panda del servizio sanitario, con la sirena e la scritta *Trasporto sangue*. Mi raccomando, non portate niente con voi. Solo il passaporto».

Fecero entrare Flor insieme alla nonna, Domenico la visitò con attenzione e le disse sorridendole:

«Tutto a posto, signorina. Avrai una vita lunga e felice, te lo assicuro».

Lo disse fissandola negli occhi, e la bambina annuì seria.

Dopo di che salutarono affabilmente, si fecero firmare dal vecchio un finto documento e se ne andarono.

Rudy attendeva in piedi al fianco della macchina, indifferente ai dileggi di un gruppetto di bambini che si sbellicava per il fatto che il cappello gli copriva la testa fino al naso.

Se ne andarono e si piazzarono all'angolo della grande piazza, disponendosi all'attesa. Il portinaio disse:

«Secondo me, dottore', siamo troppo vicini. Se qualcuno di quelli là sorveglia la casa di Caputo...».

Mina scosse il capo.

«È un rischio che dobbiamo correre, Trapane'. Se facciamo fare a quelle due troppa strada c'è il rischio che qualcuno le fermi, o che ci ripensino per la paura. Se le stanno sorvegliando, poi, ragione di più: una strada diversa dalle solite li metterebbe sull'avviso».

Domenico annuì, deciso.

«Certamente. Senza sottovalutare i due vecchi, che hanno la funzione di carcerieri. Se Ofelia o Flor fanno o dicono qualcosa di non abituale magari alzano il telefono e chiamano il figlio. Dobbiamo caricarle in fretta e portarle in aeroporto. Ma, a proposito, le formalità, i biglietti, il check-in...».

Mina, inaspettatamente, gli sorrise. Sorprendendo anche se stessa.

«Tranquillo. Ho un'amica che... che sa come muoversi, diciamo. È tutto pronto, ci sono già le carte d'imbarco. Loro poi non hanno bagaglio. Dobbiamo solo arrivare sani e salvi all'aeroporto».

Rudy sorrise, voltandosi per ammirare il profilo di Mina (non quello del volto, ovviamente):

«State serena, dottore'. A quello ci penso io. Ho già preso confidenza col mezzo meccanico. Non ci stanno problemi».

Attesero qualche minuto, con crescente tensione. A un certo punto squillò il telefono di Mina, provocando un tentativo di record di salto da seduti a squadre. Domenico picchiò addirittura la testa sul tettuccio, con una simpatica imprecazione in molisano.

Mina si scusò e uscì dall'auto per rispondere. Era il Problema Uno, che al solito senza salutare urlò:

«A che ora hai intenzione di tornare dalla perdita di tempo, oggi?».

«Ciao, mamma, buon pomeriggio anche a te. Non lo so, ho una faccenda abbastanza seria da sbrigare e...».

«Non ci può essere niente di serio, se non ti pagano. Una vale per quanto le danno, è un principio semplice».

Mina teneva il telefono a una certa distanza dall'orecchio per salvaguardare la sanità del padiglione, permettendo ai passanti di ascoltare tutto. Una signora commentò l'ultima asserzione annuendo vivacemente.

«Mamma, questa è una sciocchezza: ci sono delle azioni che si fanno per questioni di sensibilità sociale, e...».

«Stronzate. Abbi sensibilità sociale nei confronti di tua madre e di te stessa, invece che per quattro negri di merda che era meglio se restavano a casa loro e non venivano a rompere i coglioni qua da noi».

Una ragazza tatuata le strinse brevemente il braccio passando, e mimò con la bocca: *uguale a mia nonna*. Un ragazzo di colore le sorrise, e ringraziò con la testa. Mina sospirò, continuando a tenere d'occhio l'imboccatura del vicolo dalla quale dovevano uscire Ofelia e Flor.

«Vabbè. Che volevi, mammina cara? Posso fare qualcosa per te?».

«Non prendermi per il culo» urlò Concetta diffidando dall'operazione un paio di chilometri di circondario. «Primo, ti confermo che quella cosa è stata puntualmente recapitata anche oggi: vedi come devi fare, questo insiste. E poi ti volevo dire di tornare presto, perché ti ricordo che viene la signora in prova a servizio. È italiana, quindi sicuramente assai migliore di tutte queste troie dell'est, e non voglio fare brutta figura».

Due donne bionde la fissarono vacue. Mina chiese scusa con lo sguardo.

«Mamma, ma non è necessario che ci sia io, no? In fondo deve pulire la casa, mica è un cardiochirurgo che mi deve visitare...».

Concetta ribatté decisa:

«È stata categorica, ha detto che la prima pulizia a fondo è gratuita ma che devono esserci tutti gli abitanti della casa nel loro ambiente. Dice che tu puoi tranquillamente fare le cose tue, leggere, lavorare, studiare: lei ha solo bisogno di averti in camera tua. Gratis, capisci? Una professionalità meravigliosa, non come queste zoc...».

Mina l'interruppe, guardandosi attorno preoccupata.

«Va bene, va bene, mamma, tanto in un modo o nell'altro alle otto sarò a casa, l'aereo parte alle sette quindi...».

«Che aereo? Che c'entra l'aereo, adesso?».

Mina ritenne eccessivo lanciarsi in spiegazioni, quindi finse il solito tono sincopato da fine comunicazione:

«Mam... non ti sent... scusa, ma... non c'è campo...».

Chiuse con un sospiro di sollievo. Dopo un attimo il cellulare squillò di nuovo: succedeva sempre, quando Concetta non riteneva soddisfacente la conclusione della conversazione.

Intenzionata a non rispondere lanciò un'occhiata distratta al display e corrugò la fronte.

Era Claudio, per la seconda volta nella stessa giornata.

XXXII

Restò a fissare lo schermo del cellulare per almeno tre squilli, riflettendo se rispondere o meno; non le andava di sostenere un'altra discussione. Da dove si trovava avrebbe visto immediatamente Ofelia e Flor, ma non fu l'opportunità di interrompere eventualmente la conversazione in caso di necessità a convincerla a rispondere: l'aiuto di Claudio poteva rivelarsi fondamentale, e non voleva che per vendicarsi della mancata risposta non le avrebbe risposto a sua volta. Una signora, passando svelta, la squadrò e disse:

«Signori', rispondete, sentite a me. Se no vi richiamano in continuazione, con queste offerte commerciali. Io dico solo vaffanculo, e chiudo: vi assicuro che imparano subito la lezione».

Tirò un profondo respiro, fece cenno a Domenico di aspettare ancora e disse:

«Oh, Claudio, ciao. Come va?».

Il tono dell'ex marito era neutro.

«Ciao, Mina. Ce l'hai un minuto? Ti devo chiedere una cosa che ti sembrerà strana, ma è importante. Non ti disturberei, ma tu sei l'unica che può aiutarmi».

«Sì, se è una cosa veloce, sto aspettando delle persone e quando arrivano dovrò interrompere. A proposito, sarai reperibile fino a stasera, sì? Perché potrei aver bisogno di te».

«Certo, certo. Allora, ascoltami bene: noi ci frequentavamo già quando eravamo al primo anno di università, giusto? Io giurisprudenza, tu psicologia. Ci siamo conosciuti a un'occupazione, di quelle che si facevano all'epoca. È così, no?».

«Claudio, ma sei scemo? Che è, una rievocazione storica? O hai l'Alzheimer e non ti ricordi più quello che...».

Dall'altro lato l'uomo scattò, tradendo un nervosismo che non gli era congeniale.

«Ti prego, cazzo, per una volta rispondi senza fare domande! È così, sì o no?».

Mina tacque per un attimo, poi disse:

«Claudio, mi stai spaventando. Sì, certo, è così. E allora?».

Sentì il respiro profondo dall'altra parte.

«Scusami. È che è veramente importante. Che ti viene alla memoria se ti dico "dodici rose"?».

Mina si mise a ridere.

«Guarda, io ho apprezzato davvero questo tuo modo tenero di ricordare una cosa di tantissimi anni fa, della quale un po' mi vergogno. Però ci divertimmo, e allora...».

Claudio disse, con la voce un po' malferma:

«Quindi è così, vero? Era quella cosa, quella bruttissima commedia che coi ragazzi del collettivo metteste in scena?».

Mina rispose un po' offesa:

«Bruttissima adesso mi pare esagerato, ammetto che il testo non era tale da passare alla storia della drammaturgia, ma per l'epoca non era brutto, aveva un significato. Ognuno di noi portava due rose e ricordava il sacrificio di gente uccisa per la libertà, all'epoca eravamo molto comunisti».

Il respiro di Claudio era decisamente affannoso.

«Quante volte e dove fu rappresentata? In quale teatro?».

«La facemmo un'unica volta nell'aula della mia facoltà, mi ricordo che uno degli assistenti, uno che poi ha fatto carriera nel settore, un po' più grande di noi, allestì una scena molto bella. Poi però l'occupazione finì, e non la rappresentammo più. Ma posso sapere per quale motivo mi chiedi questo?».

Claudio, come parlando tra sé, disse:

«Ecco perché non ce n'è traccia. Porca puttana. Senti, Mina, ti ricordi i nomi di quelli che parteciparono?».

Mina teneva d'occhio l'ingresso del vicolo, e rispondeva con poca concentrazione.

«No, ma come vuoi che mi ricordi, sono passati centocinquant'anni! Mi ricordo che non era gente che mi piaceva più di tanto, non andai nemmeno alla festa di fine rappresentazione e non li vidi più, nessuno di loro. Mi pare ci fosse una certa Titina, una ragazza bellissima, molto elegante; e un ragazzo che sapeva suonare bene, ma non mi ricordo il nome. Claudio, ma che c'è? È successo qualcosa?».

Claudio abbassò la voce, con un lieve tremito.

«Sei sicura di non ricordare, Mina? È successo qualcosa, recentemente, che...».

Mina scoppiò a ridere.

«Ah, ecco! Allora sei tu! Claudio, sei gentilissimo e molto tenero e io ti ringrazio, ma non vedo il senso di celebrare in questo modo una cosa tanto lontana nel tempo. Abbiamo ben altri ricordi e assai più recenti, no? Comunque sono bellissime».

Le sue parole caddero in un silenzio di tomba, tanto da farle pensare che la comunicazione fosse caduta.

«Pronto? Claudio, ci sei?».

L'uomo disse, piano:

«Cosa, sono bellissime? Di che stai parlando, Mina?».

«Di che sto parlando? Delle rose, Claudio. Immaginavo fossi tu, ma questa costanza, una al giorno per dodici giorni, mi pare davvero eccessiva. Intendiamoci, non che non mi faccia piacere, ma...».

«Dodici. Dodici. Hai detto dodici. Questo significa che i dodici giorni sono finiti? Quando?».

Mina sorrise al telefono.

«Ma che è, un test? Se non lo sai tu, che le hai mandate... Oggi è arrivata l'ultima. Ma io a casa non sono ancora tornata, quindi se c'è un biglietto io non l'ho visto».

Claudio cominciò a parlare in tono frenetico:

«Mina, non tornare a casa fin quando non te lo dico io, e non ricevere nessuno, per carità, di' a tua madre di non aprire a...».

Fu esattamente in quel momento che Mina vide uscire dal vicolo Ofelia e Flor. La madre camminava a passo svelto nonostante la zoppia, gli occhi terrorizzati; la bambina cercava di starle dietro, aggiungendo un passo ogni due di lei.

Mina velocemente disse:

«Scusa Claudio, ti devo lasciare. Se hai qualcosa da dire a mia madre chiamala. Noi forse ci sentiamo più tardi».

E spense il telefono.

XXXIII

Ofelia e Flor si immisero nel flusso intenso della folla sul marciapiede. Mina entrò in auto sedendosi sul sedile posteriore, per lasciare un po' di spazio in più; Domenico si sedette davanti per la stessa ragione.

Le due erano entrate rapidamente in macchina, senza guardarsi alle spalle. Mina si accorse che Flor teneva un cagnolino di peluche di piccole dimensioni nella tasca del soprabito, e s'intenerì: era pur sempre una bambina, e doveva fronteggiare cose immensamente più grandi di lei.

Ofelia era visibilmente terrorizzata, gli occhi neri spalancati, la bocca stretta, le mani che tormentavano il manico della borsa. Rudy partì, secondo quanto avevano concordato, a bassa velocità per non attirare l'attenzione, immettendosi nel traffico intenso della sera. Le luci dei negozi si erano ormai accese, le strade erano piene di gente.

Mina chiese:

«Tutto bene, vero? Non avete notato niente di strano?».

Ofelia non rispose. Continuava a guardare fuori dai finestrini, come cercando qualcosa.

Flor disse:

«Abbiamo detto ai nonni che mi servivano delle mutandine e che le andavamo un attimo a comprare. Mamma ha fatto finta che voleva andare da sola, io ho fatto finta che volevo sceglierle io. I nonni sono sempre contenti che mamma non esce da sola, lo sapevamo che davano ragione a me».

Ofelia mormorò:

«Solo che il negozio dove andiamo di solito sta dall'altra parte. Speriamo che non si siano affacciati per controllarci».

Dopo meno di due minuti Rudy disse, piano:

«Dotto', quella macchina bianca».

Domenico si voltò immediatamente e si accorse di un SUV coi vetri oscurati che, con un sorpasso un po' azzardato, scavalcava un'utilitaria per collocarsi nella loro scia.

«Forse no, forse è uno che va di fretta. Metti un paio di macchine in mezzo e vediamo che fa».

Ofelia assunse immediatamente un'aria disperata, incassando la testa nelle spalle. Flor rimase stretta tra lei e Mina, lo sguardo serio rivolto in avanti.

Rudy non si fece pregare, e con uno scarto improvviso che gli guadagnò la secca bestemmia di un tassista che viaggiava a finestrino aperto si avvantaggiò di un paio di posizioni. Immediatamente lo stridore dei freni alle loro spalle li informò che il SUV aveva fatto lo stesso, mantenendo inalterata la distanza.

Mina sospirò piano. Ripassò gli eventi delle ultime dodici ore e concluse che, ferme restando le difficoltà, in fondo non era stata una GdM: l'esito della missione poteva dirsi ancora incerto. E avevano messo in conto che qualcuno potesse tenere d'occhio la casa di Caputo.

Come a confermarle i pensieri, uno squillo imperioso venne dalla borsa di Ofelia che sussultò. Con la mano tremante tirò fuori il cellulare, e il nome «Suocero» lampeggiò sul display. La donna impallidì e lo mostrò a Mina, che disse subito:

«Sono loro. Hanno capito».

Domenico abbrancò la maniglia in alto e si assicurò della tenuta della cintura; dietro erano talmente strette da essere incastrate, quindi non avevano bisogno di ulteriori ancoraggi. Mina disse a Flor e Ofelia di chiudere gli occhi.

E Rudy partì.

Il ragionamento era semplice: andavano evitate le strade a scorrimento veloce, perché non fosse perduto il vantaggio dell'auto di piccole dimensioni rispetto a quella più potente ma meno maneggevole. Dal centro all'aeroporto c'erano pochi chilometri, ma magari gli inseguitori non immaginavano dove stessero andando e il portinaio-driver non voleva concedere loro alcun vantaggio. Cominciò così a zigzagare, imboccando vie che andavano in direzioni incoerenti. Il SUV pareva credersi uno scooter, salendo sui marciapiedi, invadendo corsie preferenziali e ignorando semafori pur di mantenere le sole due auto di distacco che aveva. Il contatto visivo non venne mai meno.

Rudy allora strinse le labbra e si tolse il cappello. La cosa preoccupò non poco Mina e soprattutto Domenico, che trovandosi sul sedile anteriore assisteva a una specie di videogioco con la realtà al posto del 3D.

Come colpita da improvvisa agorafobia la Panda abbandonò la via principale e si lanciò nei vicoli del centro storico, sottoposti notoriamente a traffico limitato. Domenico decise di chiudere gli occhi, e di attendere la morte mantenendo una certa dignità.

Trapanese, che fino ad allora lo aveva evitato per fare a meno che dietro di lui si formasse un vuoto nel quale l'inseguitrice si sarebbe facilmente infilata, adesso azionò la sirena: lo fece per concedere qualche secondo in più per mettersi in salvo a chi davanti a lui aveva i riflessi lenti, e confidando sull'effimera illusione di trovarsi nella ZTL immaginasse di poter impunemente passeggiare a centro vicolo o addirittura starsene seduto a un tavolino a consumare un aperitivo. Nel caleidoscopio di colori in movimento che a quella velocità riusciva a percepire dai finestrini, ancora una volta Mina rilevò nelle espressioni dei volti l'assenza di sorpresa o di sconcerto ma una sostanziale rassegnazione al procedere degli eventi. Più comune era il sollievo per averla sfangata ancora una volta.

Il cellulare di Ofelia, a intervalli, continuava a squillare. Al nome *Suocero* adesso si alternava quello di *Alfonso*. Era chiaro a tutti, e testimoniato dal silenzio calato nell'abitacolo, che non c'era più niente da nascondere e che dalla riuscita del labile, traballante piano di fuga dipendeva qualcosa di più di un'altra caduta per le scale.

Mentre a velocità vertiginosa e secondo una rotta nota solo a Rudy e alla sua misteriosa conoscenza dei vicoli della città la Panda percorreva la sua strada, Mina si chiese con immensa angoscia se, nell'intento di salvarle, non avesse invece decretato una terribile condanna per le due poverine che erano sballottate al suo fianco.

Le vie strettissime avevano impedito l'accesso al SUV, concedendo speranza ai cinque. *Trasporto sangue*, c'era scritto sulla fiancata: e il sangue trasportato correva dai cuori ai cervelli e di nuovo ai cuori con una velocità pari a quella delle ruote sulle antiche pietre che pavimentavano la strada.

Non si contarono le volte che il muso del veicolo fu a un tanto così dal provocare un danno, un incidente, una collisione fatale; agli occhi allibiti di Mina e a quelli socchiusi in attesa dell'impatto di Domenico parve quasi una perfetta coreografia, sul modello dei film d'azione. Solo che qui la gente e gli scooter erano veri, e non aggiunti al computer.

Nessuno avrebbe potuto seguirli, tantomeno una macchina delle dimensioni di quella che li aveva tallonati.

Mina disse, a mezza voce:

«Se ne usciamo vivi, li abbiamo seminati».

Fu vera, purtroppo, solo la prima parte della proposizione. Quando arrivarono alle partenze internazionali dell'aeroporto, con una frenata degna di un gran premio di formula uno, videro spuntare in lontananza il minaccioso muso bianco del SUV.

Fu Flor, con una voce stranamente apatica, che ebbe il coraggio di dire quello che stavano pensando tutti.

«Il passaporto. Hanno visto che non c'è più il passaporto nel cassetto».

Sul volto di Ofelia scendevano calde lacrime di frustrazione e di paura. La Panda del servizio sanitario poteva accedere a un'area più vicina alla porta, mentre il SUV si fermò alle transenne a una trentina di metri. Le porte si aprirono e in lontananza videro scendere in fretta tre uomini.

Rudy scosse il capo.

«Non mi avrebbero preso mai. Mai, se non avessero saputo dove stavamo andando».

Domenico si riscosse, armeggiò con la chiusura della cintura e disse:

«Forse ce la possiamo fare. Dobbiamo muoverci, però. Presto!».

Mina si catapultò dalla portiera e prese Flor per mano, che la seguì. Ofelia sembrava apatica, sconsolata. Uscì claudicando leggermente, e quando guardò dalla parte degli uomini che arrivavano correndo disse:

«Lui! C'è anche lui!».

Mina disse:

«Chi?».

Flor le strinse la mano una volta sola, e rispose:

«Mio padre. Quello più grosso, con pochi capelli».

XXXIV

All'interno della porta automatica Mina, a capo del drappello formato dalle due fuggitive e da Domenico, si guardò attorno. Poi rapida disse al medico:

«Io devo trovare una persona. Nascondile, presto».

Il ginecologo sbatté le palpebre, in tutto identico al Redford di *La pietra che scotta*, un film che adorava ma che al momento non avrebbe rivisto.

«E dove le porto? Quelli stanno arrivando!».

Mina indicò una porta:

«Là!».

Lui protestò, debolmente:

«Ma è il bagno delle donne!».

Lei fece spallucce e partì alla ricerca. Domenico si voltò e vide, attraverso i vetri, i tre uomini che si guardavano attorno avvicinandosi alla porta. Tirò un sospiro profondo, prese Flor e Ofelia per mano e si gettò all'interno della toilette femminile.

Dentro c'era una popolazione di signore impegnate in varie attività, e segnatamente: una turista tedesca dalle guance rosse e dalle caviglie grosse come polpacci, che si lavava scrupolosamente al lavandino con aria arcigna; due suore orientali che chiacchieravano in un qualche idioma incomprensibile; un'assistente di volo un po' attempata, che usciva da una delle porte riservate lisciandosi la gonna; una ragazza elegante che si asciugava le mani sotto un getto d'aria calda.

Domenico cercò di passare inosservato, addossandosi al muro. Tutte rimasero raggelate, fissando quell'intruso in un santuario. Lui fece cenno di tacere, mettendosi un dito davanti alla bocca. La turista tedesca smise di lavarsi e con le mani gocciolanti si avvicinò curiosa, fissandolo. Flor e Ofelia restarono immobili al centro della stanza, guardandosi tra loro.

Senza preavviso e con una mano che sembrava formata da un hamburger e cinque würstel, la tedesca mollò a Domenico un ceffone gocciolante. Lui incassò sportivamente, sorridendo con aria di scusa. Le suore lo guardarono distrattamente e ripresero a parlare. L'assistente di volo gli passò attraverso, fingendo di non vederlo. La ragazza elegante uscì dicendo:

«Ma cazzo, uno come questo è costretto a entrare nel bagno delle donne per vedere una donna con la micia di fuori?».

Domenico, massaggiandosi una guancia mentre l'altra era ugualmente arrossata dalla vergogna, fece cenno a Flor e Ofelia di nascondersi in una porta chiudendosi a chiave. Lui avrebbe aspettato di fuori.

Da una postazione coperta, di fatto nello spazio antistante la toilette femminile ma almeno fuori dall'area critica, vide passare i tre uomini. Quello calvo, indicato come Caputo Alfonso, impartiva ordini secchi

234

agli altri due. Domenico notò che aveva un evidente rigonfiamento sotto l'ascella e che teneva la mano sotto il bavero della giacca, da quel lato. Si mette male, pensò. Decisamente male.

Arrivò Mina con una donna alta e raffinata. Domenico si irrigidì, poi gli venne in mente che quegli uomini non conoscevano né l'assistente sociale né lui stesso, e tirò un mezzo sospiro di sollievo.

Vide Mina che indicava all'altra i tre uomini, poi si diressero dalla sua parte.

Quando si trovarono vicini, Mina disse:

«Lui è Domenico, il medico del consultorio; lei è Luciana, una mia amica che ci darà una mano».

Lulù era rimasta a bocca aperta davanti al ginecologo. Poi le si aprì sul volto un largo sorriso.

«Ah. Così è lui, il tuo collega. E io che mi chiedevo che ci fosse di tanto interessante in quel consultorio da rimanerci fino a tardi. Mi fai venire una gran voglia di impegnarmi nel sociale».

Mina friggeva, letteralmente.

«Lu, non perdiamo tempo, qua si gioca sul filo dei secondi. Come sta la situazione, si può sapere?».

Senza distogliere lo sguardo dalla faccia del ginecologo, arrossata e convulsa ma ancora decisamente affascinante, Luciana estrasse dalla borsetta Louis Vuitton alcuni documenti:

«Queste sono le carte d'imbarco. L'aereo sta finendo le operazioni di carico dei bagagli, mi ha detto l'amico che dirige la compagnia, poi faranno entrare i passeggeri. Le nostre due amiche possono entrare prima passando da una porta che ora vi faccio vedere, si trova dall'altra parte della sala, ma il controllo dei passaporti lo devono fare comunque, come il metal detector. Una via preferenziale, ma una decina di minuti sono necessari. Qual è il problema?».

Domenico si schiarì la voce:

«Salve, signora, molto piacere, mi chiamo Domenico ma può chiamarmi Mimmo».

La donna sorrise:

«Ciao, Mimmo. Io mi chiamo Luciana, ma puoi chiamarmi in qualsiasi maniera purché mi chiami».

Mina quasi urlò:

«Per favore! Come facciamo a far passare le due donne nella sala, se ci sono questi tre di pattuglia?».

Luciana seguì lo sguardo di Mina e individuò il pericolo.

Il medico disse:

«Il padre di Flor è quello alto senza capelli. È lui che va fermato, non credo che gli altri farebbero pazzie in aeroporto».

Luciana annuì, prese il telefono dalla borsa, fece un numero e disse:

«Quello calvo».

Poi si voltò verso Mimmo, consegnandogli i documenti d'imbarco.

«Ascolta, meraviglia della natura: al mio via fai uscire le due donne mentre tu e Mina, muovendovi molto velocemente, mi raggiungerete alla porta col vetro opaco con scritto *Riservato* al piano superiore, in cima alla scala mobile in fondo alla sala. Avrete pochi secondi, quindi mi raccomando. Cerca di non farti sparare né picchiare sulla faccia, per favore, perché sarebbe troppo uno spreco. Intesi?».

Domenico guardò Mina cercando conferme; quella donna gli sembrava un po' pazza. La collega annuì, lanciando un'occhiata esasperata a Lulù.

«Grazie, Lu. Non ho capito che hai in mente, ma spero sia qualcosa di saggio. Sarebbe la prima volta nella tua vita, peraltro».

Luciana squadrò ancora estatica Mimmo e ribatté:

«Chi l'avrebbe mai detto che la più saggia eri tu, che sei pazza. Vabbè, diamo inizio alle danze. Mi raccomando, angelo del paradiso: guarda me e aspetta il mio cenno. Poi però continua a guardare me, per tutto il resto della vita».

Con quelle sibilline parole si allontanò, fermandosi a fissare il tabellone delle partenze. Dopo un attimo arrivò dal fondo una donna tarchiata e bruna, seguita da una magrissima con gli occhiali e una cartella di pelle in mano. Mina disse:

«Oh, mio Dio».

La bruna si fermò di fronte a Caputo Alfonso, che dardeggiava di occhiate i dintorni alla ricerca della moglie e della figlia. Visto che quello non la degnava di uno sguardo, si alzò rapidamente la gonna e gli mollò un calcio di punta sullo stinco.

L'uomo urlò di sorpresa e di dolore, e si mise a saltellare tenendosi l'arto con le mani:

«Ma chi... madonnasanta, ma chi cazzo sei tu? E perché...».

I due scagnozzi si fissarono perplessi e si avvicinarono. La bruna cominciò a strillare come un'aquila, esibendo un pesante, volgare accento dell'area flegrea:

«Vigliacco puzzolente fetente merdaiuolo figlio di una cagna, te ne volevi andare, eh? Troppo facile così, sedurre una povera ragazza innocente, con quello sguardo da puttaniere infame!».

Ci volle un secondo e mezzo per coagulare un capannello di curiosi in fila a noiosi check-in, ansiosi di non perdersi un gustoso diversivo. La bruna urlava come un'ossessa, percuotendo con una borsa dall'aria parecchio pesante la testa calva di Caputo che cercava di ripararsi dai colpi. Incantati dalla scena, Mina e Domenico quasi si persero i frenetici cenni di richiamo di Lulù. Il medico si sottopose di nuovo al passaggio nella toilette femminile, ottenendo solo un'imprecazione in russo da parte di una anziana signora che si aggiustava la dentiera, per bussare alla toilette dov'erano rinchiuse le due donne in fuga.

Uscendo da quella di fianco, una ragazza tatuata gli disse freddamente:

«Vada in questa, ché è libera».

Flor e Ofelia uscirono e furono prese in consegna da Mina, che disse loro di non guardare quello che stava accadendo e di seguirla. Intanto la bruna continuava a cercare di picchiare Caputo, che frastornato si guardava il sangue sulla mano che proveniva da un taglio su un sopracciglio: «Ma chi cazzo sei, chi ti conosce, hai sbagliato persona!».

La bruna inveiva imprecando col suo pesante dialetto e un tono di voce altissimo. Uno dei due amici di

Alfonso cercò di aggredirla, e la donna magra con gli occhiali e il naso adunco gli si parò davanti.

«Fermo. Sono un avvocato, e questa è una notifica di tentato abbandono di coniuge in stato interessante. La signora è incinta, e quest'uomo la sta lasciando per scappare con una donna serba. Mi dica le sue generalità, prego».

L'uomo arretrò, come davanti a una rivoltella spianata. Sapeva affrontare coltelli e catene, ma delle notifiche di un avvocato femmina aveva un sacro terrore.

Nel frattempo, inosservati, Domenico e Mina avevano condotto Ofelia e Flor agli imbarchi internazionali, condotti da Luciana che dalla balaustra del piano superiore fece un cenno d'intesa a Greta, l'avvocato notificante, la quale annuì impercettibilmente.

Nel frattempo Delfina Fontana Solimena dei baroni Brancaccio di Francofonte, in possesso dei quattro quarti di nobiltà più puri dell'area metropolitana, dava finalmente sfogo a un desiderio che aveva sempre sognato di realizzare: mettere in pratica gli insegnamenti della tata Nunzia Esposito, del Rione Terra di Pozzuoli, che le aveva ripetutamente detto che non esiste una donna nata sotto quel cielo, per quanto di sangue blu, incapace di recitare la parte di una *vaiassa*, una popolana volgarissima, che aggredisce l'uomo che l'ha ferita.

E come aveva immaginato si divertiva un mondo.

XXXV

Si ritrovarono tutti al bar delle partenze, quello che consente un ultimo caffè decente a chi spicca il volo per altre destinazioni, dove ci saranno pure incomparabili bellezze ma la bevanda cessa di possedere le proprie caratteristiche e si trasforma in tutt'altro.

C'era voluta una mezzoretta per risolvere internamente la questione. Ofelia e Flor erano partite attraverso la corsia preferenziale organizzata da Lulù. La ricchissima amica di Mina aveva provveduto a una valigia con tutto quello che poteva servire alle due sia durante il lungo volo che nei primi giorni di permanenza in Perù dove avrebbero trovato i genitori di Ofelia, avvertiti telefonicamente durante le operazioni di imbarco.

Il momento dei saluti era stato, come si dice, breve ma intenso. Le urla della colluttazione in cui Caputo era stato impegnato da Delfina e Greta sarebbero state l'ultima occasione in cui moglie e figlia avrebbero sentito la sua voce. Flor non aveva tristezza negli occhi, e la mano con cui teneva stretta quella della madre, mai lasciata nemmeno per un attimo, diceva di una scelta univoca anche da parte della bambina.

Mina era consapevole che quello che aveva fatto non

era legale. Un padre ha dei diritti e lei, con l'aiuto dei suoi amici e delle sue amiche, ne aveva impedito l'esercizio. Ma sapeva anche che quell'uomo a lungo andare, e forse non troppo a lungo, avrebbe probabilmente compiuto un gesto senza ritorno. Le piaceva pensare che nella sua contorta maniera avesse aiutato anche Caputo Alfonso, trafficante di armi e aspirante uxoricida.

La piccola battaglia dei sessi avvenuta nella sala dei check-in si era conclusa improvvisamente com'era cominciata. L'arrivo affannoso e un po' tardivo di un paio di poliziotti aveva fermato Delfina che, ricevuta l'occhiata di rassicurazione di Greta, aveva assunto un'aria confusa. «Aspetta, aspetta, ora che ti guardo bene, tu non sei il mio Alfredo! Cioè, somigli ma non sei tu! Lui è molto, molto più bello! Scusate, agenti, mi sono sbagliata. Arrivederci».

Prima che le guardie potessero chiedere le generalità di tutti, i tre uomini si erano dileguati. Rudy, rimasto alla guida della Panda e pronto a ulteriori gincane per eventuali fughe, vide Caputo trascinato dagli altri due verso il SUV mentre bestemmiava e continuava ad asciugarsi il sangue che ancora sgorgava copioso dal sopracciglio squarciato dalla borsa vendicatrice di Delfina. Il rischio di ritrovarsi censito come facinoroso presso un aeroporto che tanto frequentava per lavoro era evidentemente superiore a quello di vedersi scappare sotto gli occhi moglie e figlia.

Al tavolino del bar Mina era ancora in tensione.

«Non finisce qua, temo. Quella è gente che non si rassegna, e l'indirizzo peruviano dei genitori di Ofelia

Caputo lo conosce. Si sono conosciuti là, quindi avrà i suoi contatti».

Domenico annuì.

«Vero. Ma è anche vero che nel suo paese Ofelia sa come muoversi. Potrà provare a far perdere le sue tracce, cambiare identità. E forse, chissà, conosce qualcuno che potrà difenderla, noi questo non lo vogliamo sapere. Per ora, le hai salvate. Questo è sicuro».

Le tre amiche non avevano smesso di scambiarsi sguardi d'intesa, cosa che a Mina dava un fastidio incomparabile. Le conosceva come le sue tasche e sapeva che l'incontro con quel ginecologo in tutto e per tutto uguale al Redford di *Quell'ultimo ponte*, film tra i suoi prediletti, sarebbe stato il principale argomento di conversazione durante innumerevoli aperitivi, molti dei quali in sua assenza.

Delfina sussurrò in maniera perfettamente udibile anche sulla pista cinque, a mezzo chilometro di distanza:

«Ma quanto ancora ci volevi negare questo piacere, Mina? Non sapevamo che il consultorio fosse così ben frequentato! Proprio simpatico, questo dottor Gammardella».

Domenico disse, con un abbagliante sorriso:

«Chiamami Mimmo, per favore. Nemmeno io sapevo di amiche così piene di iniziativa. Mina è bravissima a separare il lavoro dalla vita privata».

L'assistente sociale lanciò un'occhiata di traverso a Domenico, per capire se era stato ironico; nel contempo lanciò un'occhiata di traverso a Delfina, per rimproverarla della frase, e un'occhiata di traverso a Greta e

Luciana a titolo di avvertimento. Il risultato fu un'impressione di sopravvenuto strabismo.

«Non è questo» disse, «è che non ce n'è occasione. Il lavoro è frenetico, e Domenico qui è sempre assediato da gente che si vuole far visitare».

Greta sorrise lasciva.

«Possiamo immaginare. Non devono essere molte le occasioni, per le signore dei Quartieri, di farsi mettere da uno così le mani nella...».

Mina tossì:

«Comunque vi devo ringraziare. Avevo chiesto a Luciana di aiutarmi per i biglietti e le carte di imbarco, ma non avevo idea che avrei trovato anche voi due».

Delfina sorrise. Aveva l'incredibile capacità di sorridere rumorosamente.

«Ah, ma non ce la saremmo persa per niente al mondo! Lulù ha l'ordine di avvertirci subito quando tu stai per farne una delle tue, in una vita piatta come la nostra sei l'unica occasione di svago. Io poi era da tempo immemore che sognavo di fare una piazzata, lo sai che la mia famiglia non me lo consentirebbe mai».

Greta annuì con forza:

«Ma io ci devo sempre essere, tesoro». E rivolgendosi a Mimmo: «Non puoi immaginare quanto sia propensa la nostra Mina a mettersi nei guai dal punto di vista legale. È bravissima, in questo: lo è sempre stata. Quindi assai meglio che io sia nei paraggi, per impedirne l'arresto».

Mina arrossì.

«Adesso chissà che fate pensare di me, cerco solo di aiutare il prossimo che...».

Luciana mise una mano sul braccio di Mimmo, per attirarne l'attenzione e anche per toccarlo tout court.

«Ma sì, certo che è un'ottima persona, la migliore di noi. Solo che va un po'... sorvegliata, ecco. Ma immagino che la conoscerai bene anche tu, no? Almeno, lo spero per lei».

Il rossore di Mina assunse un'ulteriore sfumatura.

«Guarda, Luciana, che tra noi il rapporto è rigorosamente professionale. Non siamo amici, non ci siamo mai visti fuori dal consultorio e...».

Luciana le sorrise, condiscendente.

«Ma qui è fuori dal consultorio, no? Eppure stiamo chiacchierando amabilmente davanti a un caffè. Quindi sarebbe il caso di essere meno formali, credo».

Delfina annuì con forza.

«E giacché siamo corresponsabili di una buona azione che magari ha anche qualche gustoso risvolto illegale, e che pertanto non potremo raccontare nei noiosi interminabili burraco che animano le nostre vite, almeno facci stringere nuove amicizie».

Greta chiese al dottore:

«E dicci, Mimmo, che fai di bello quando non scavi tra le gambe della plebe? Come ti diverti?».

Il medico si agitò un po' sulla sedia.

«Io veramente non mi diverto. Cioè, non è che non mi diverto perché non sono il tipo, o non voglio, è che non ho molte occasioni. Cioè, io le occasioni le avrei anche, per carità, molte persone, anche pazienti, mi invitano a fare cose, ma io non è che... Insomma, spesso la sera sono un po' stanco».

Luciana sgranò gli occhi:

«Ma davvero? Cioè, non esci? Uno come te, assolutamente uguale a Kevin Costner?».

Delfina urlò:

«Ma che dici? Non lo vedi che è identico a Paul Newman? L'ho pensato appena l'ho visto!».

Greta scrollò le spalle con sufficienza:

«Non avete mai capito niente di uomini. È il sosia di Patrick Dempsey, e fa pure lo stesso mestiere».

Mina, che le avrebbe scannate molto volentieri anche dopo l'aiuto appena ricevuto, cercò di sorvolare.

«Comunque abbiamo molto lavoro, anch'io la sera sono distrutta e non...».

Luciana la fermò con un deciso gesto della mano.

«Alt. Tu non esci perché hai delle psicopatologie, lui invece mi pare normale nella testa, perché di certo non lo è fisicamente. Per cui da oggi ci prendiamo l'onere di introdurti, caro Mimmo, nelle cose belle della vita in questa città. Che ne dite, ragazze?».

Greta e Delfina assentirono entusiaste.

Mimmo sembrava un po' a disagio, e continuava a guardare Mina per chiederle aiuto.

«Io veramente non saprei se... temo di non essere uno di grande compagnia».

L'assistente sociale ebbe pietà di quel pover'uomo caduto nelle grinfie delle arpie e si sentì responsabile della situazione. In fondo si trovavano tutti là a causa sua.

«Mie care iene, vi devo informare che Domenico è felicemente fidanzato, credo con una sua collega da quanto ho saputo. Per cui ripulite la bava dalle vostre bocche e datevi un contegno».

Sorprendentemente, il medico si voltò verso Mina con espressione dura e disse tagliente:

«Informazioni vecchie, cara collega. Dovresti aggiornare un po' i pettegolezzi».

Nel silenzio imbarazzato che seguì rivolse un luminoso sorriso alle altre tre e disse:

«Libero come l'aria, signore. E a vostra completa disposizione».

A Mina sembrava di trovarsi in uno di quegli incubi da cui cerchi di svegliarti e non ci riesci, mentre l'incubo non si rassegna e continua.

Riaccese il telefono per darsi un contegno, e immediatamente quello squillò. Era il Problema Uno. I guai sono come le ciliegie, pensò.

Disposto l'orecchio ad adeguata distanza e rassegnata al peggio, disse:

«Ciao, mamma, scusami ma sono in riunione e...».

Accorgendosi di un tono normale di voce avvicinò l'apparecchio preoccupata:

«... chiamata diverse volte ma risultavi irraggiungibile. Come stai, tesoro? Tutto bene?».

Come se avesse in mano un animale strano, Mina fissò di nuovo il display. Era effettivamente la madre.

«Mamma, stai bene?».

«Ma certo, cara» disse quella, con voce innaturalmente flautata, «non volevo disturbarti durante il lavoro. Mi dispiace».

Se l'avesse chiamata urlando che stava morendo per

una coltellata inferta da Sonia le avrebbe dato minore inquietudine.

«Mamma, che sta succedendo? Sei posseduta da un'anima gentile?».

Le amiche la fissavano condividendone la preoccupazione. Concetta era tristemente nota a tutte.

«Ti ho detto che va tutto bene, amore. Ascolta, quando torni a casa? Ti ricordo che qui c'è quella signora delle faccende domestiche, ci tiene a incontrarti».

Mina fece una smorfia. Ecco il motivo di tutta quella gentilezza: la presenza della nuova cameriera alla quale evidentemente il Problema voleva fare una buona impressione. Be', non poteva darle torto: al naturale Concetta metteva in fuga chiunque in tre secondi.

«Hai ragione, mamma. Me n'ero completamente dimenticata. Adesso torno subito a casa, stai tranquilla, prendo un taxi e...».

Domenico intervenne, deciso:

«Ma no, ti darà un passaggio Rudy. Io mi intrattengo volentieri con queste bellissime signore».

Greta sorrise, felina.

«Ah, puoi starne certo. E chi ti molla più, mio caro dottor Stranamore. Ti portiamo in giro come una macchina nuova, e domani in città non si parlerà d'altro».

Mina meditò concretamente il suicidio.

XXXVI

Durante il tragitto Rudy si fece raccontare quello che era successo all'interno dell'aeroporto. Era rimasto fedele alla consegna, vicino alla macchina di cui era custode temporaneo, e si era aspettato di veder uscire Ofelia e Flor trascinate per i capelli dai tre Cro-Magnon che aveva visto scendere dal SUV, e successivamente arrivare due ambulanze per prelevare i corpi senza vita o gravemente deturpati dei suoi amici; fu evidente il suo sollievo quando vide che nessuno aveva sfregiato in maniera blasfema quello che aveva intravisto il giorno prima, oggetto di tutta la sua devozione.

L'uomo riuscì nella camaleontica impresa di raggiungere casa di Mina, a Mergellina, senza distogliere l'occhio destro dallo spazio tra il secondo e il terzo bottone della camicetta, per la verità in una condizione di evidente tensione superficiale, e lasciando il sinistro sulla strada. La guida era la solita, né aveva rinunciato a un ultimo uso della sirena, un giocattolo del quale era assai restio a fare a meno.

Mina fu molto sintetica nel racconto. Sentiva il bisogno di gratificare Trapanese, che si era rivelato di grande aiuto, ma era anche tesa. Avrebbe voluto restarsene da sola a meditare sulla situazione, di non facile lettura.

Buone notizie: Ofelia e Flor erano in salvo; il Problema Uno era stata insolitamente dolce; le ragazze si erano ancora una volta schierate al suo fianco, e con grande successo; Domenico «chiamami Mimmo» era in freddo con la fidanzata.

Cattive notizie: Caputo Alfonso era a piede libero e ferito, quindi presumibilmente molto incazzato; il Problema Uno dolce e remissiva suonava falsa come una banconota da sette euro; quelle tre arpie delle sue amiche si erano fiondate inverecondo sul ginecologo; Domenico «chiamami Mimmo» la trattava decisamente male.

I bicchieri erano tutti da interpretare in merito al mezzo pieno-mezzo vuoto, e l'innato pessimismo di Mina la spingeva con decisione sulla seconda via. Soprattutto, non aveva idea di come comportarsi l'indomani quando si sarebbe trovata di fronte a un Gammardella presumibilmente con postumi di uso di alcolici e di altre sostanze. Avrebbe dovuto andare anche lei al seguito di quelle smandrappate, pensò: ma aveva promesso di tornare a casa, e doveva mantenere.

Rudy la lasciò nei paraggi del portone, e in un impeto di confidenza si sporse per un casto bacio di saluto; Mina lo ignorò, lasciandolo in pendenza di una quarantina di gradi. Per darsi un contegno il portinaio ripartì sgommando e mantenendo la stessa posizione inclinata, come se avesse bisogno di un farmaco per le emorroidi.

Mina si guardò attorno, pentendosi di aver smesso di fumare. Una sigaretta, e una birra in alternativa, le avrebbero consentito un paio di minuti con se stessa. In assenza di giustificazioni si apprestò a salire a casa, registrando al limite dell'inconscio uno strano silenzio e l'assenza di traffico. Giorno feriale e stipendi finiti, pensò. Tutti davanti alla tele.

Appena aprì la porta sentì un'esecuzione a settantotto giri di *Chattanooga choo choo*, e dopo un secondo si materializzò Concetta. Era un evento, perché normalmente era lei a dover cercare la madre in giro per l'abitazione per riscuotere solo un brusco cenno col capo.

Stavolta avvenne invece un evento di portata storica: la madre le sorrise e per di più la baciò, dicendo, «Bentornata a casa, amore mio».

La cosa diede a Mina un senso di vertigine. A sua memoria Concetta non la baciava dal giorno del matrimonio, e in precedenza la dimostrazione di affetto si era verificata non più di cinque volte.

«Mamma, ma si può sapere che diavolo ti prende? Domani per prima cosa chiamiamo padre Angelo, che ci consigli velocemente un bravo esorcista. Per ora stai tranquilla, sei rinchiusa in un corpo posseduto da un demone ma ti libereremo».

Concetta, che non si era mai sottratta a un duello di sarcasmo di cui si riteneva campionessa mondiale, stavolta rise gioiosa. La sua assoluta desuetudine a questa pratica fece sì che ne venisse fuori un rumore come di unghie spezzate su una lavagna.

«Ma come sei simpatica, amore. Ascolta, devi andare subito in camera tua, ti aspetta la signora Luisa che come ti ho spiegato ci regala queste ore per farci vedere come lavora. Ti dico già che il resto della casa è uno specchio, mai viste una cura e un'attenzione come queste».

Mina si guardò attorno per avere la certezza di non essere su *Candid camera*.

«Io ancora non capisco, mamma, perché per rigovernare la mia camera che peraltro non lascio incasinata altrimenti tu mi rompi le scatole per mesi, questa signora Luisa Comesichiama abbia voluto che fossi presente. Da che mondo è mondo si aspetta che la stanza sia vuota, per ripulire».

Concetta tradì segnali della vecchia insofferenza, ma si dominò.

«È proprio questa la diversità rispetto alle altre, inclusa la puttana moldava che finora abbiamo tenuto a fare le vacanze in questa casa: lei vuole vedere ognuno nel suo ambiente. Per rigovernare secondo gli spazi e i tempi di chi ci abita. È il nuovo corso dei servizi domestici».

Mina avrebbe voluto entrare nel merito di questa via di Damasco del secchio e della spazzola, ma desistette. Era molto stanca.

«Vabbè, mamma, facciamo anche 'sta sciocchezza. Peraltro ho da preparare un paio di relazioni per il ministero, quindi starò un po' alla scrivania mentre la signora fa quello che deve fare. Poi mi corico direttamente, buonanotte».

Concetta annuì un paio di volte. Con orrore Mina si rese conto che aveva gli occhi pieni di lacrime.

«Mina, ascolta. Non te l'ho mai detto, ma ricorda che ti adoro. E se qualche volta ti sembro severa, è solo per il tuo bene. Dammi un bacio».

L'assistente sociale fu convinta, a quel punto, che qualche farmaco avesse provocato nella madre quell'evidente reazione allergica. L'indomani avrebbe verificato le scadenze.

Annuì con un sorriso perplesso e si avviò nella sua camera.

La signora Luisa era una donna che aveva senza dubbio superato i sessanta, con capelli grigi ordinati e un camice azzurro appena troppo grande. Portava guanti in lattice e stava in piedi nell'angolo opposto all'entrata. Al suo fianco, come armi e munizioni in perfetto ordine c'erano gli attrezzi del mestiere: scopa, spazzola, secchio e detersivi.

Mina la scrutò salutandola. Aveva un'aria vagamente familiare, ma non ricordò assolutamente dove l'avesse vista in precedenza.

«Buonasera, signora. Mi dice mia madre del suo modo di lavorare, mi pare un po' curioso ma se vuole così, per me va bene. Che devo fare?».

La donna sorrise, raggrinzendo guance e fronte:

«Signora, è una mia fisima, devo vedere come stanno le persone all'interno del loro ambiente per poter poi essere soddisfacente. Le faccio un esempio: se lei è abituata a muoversi secondo un certo tragitto, dalla scrivania alla porta d'ingresso, sarà importante non farle trovare quella sedia lungo la strada. Se è abituata a leggere a letto, sarà meglio mettere il cuscino alto sopra e quello sottile sotto, per farla stare più comoda. Piccole cose: mi basterà un'unica volta. Le prometto che non servirà più trovarsi insieme qui dentro. Mai più».

Mina fece spallucce.

«Per carità, contenta lei. Io mi siedo alla scrivania, nel frattempo. Ho delle cose da leggere. Va bene?».

«Certo, signora. Io, vedrà, non la disturberò affatto. Sarà la serata più calma e serena della sua vita».

Mina annuì, perplessa. Poi disse:

«Noi non ci siamo mai viste, vero? Perché io ho l'impressione di conoscerla. Non è che abita nei Quartieri Spagnoli, per caso?».

La donna sorrise di nuovo, assicurandosi che i guanti le calzassero alla perfezione.

«Oh, no, signora. Chi sopporterebbe mai di vivere in quella confusione? No, grazie. Io abito in periferia, in una casa popolare».

Mina si era seduta alla scrivania, e stava prendendo dei documenti in mano.

«Ah, sì? Ottima scelta, anch'io avrei bisogno di un po' di pace. E vive da sola?».

La donna aveva cominciato a spolverare la mensola alle spalle di Mina.

«No, vivo con mia figlia che ha più o meno la sua età, signora. Non sta molto bene, purtroppo. E stia tranquilla, troverà pace anche lei. Magari prima di quanto creda».

Mina mugolò un assenso, ma era già concentrata sul testo di un decreto ministeriale incomprensibile. Tanto concentrata che le sfuggì un piccolo scatto metallico alle sue spalle.

In quello stesso momento la porta si spalancò, lasciando entrare due carabinieri con la pistola spianata.

«Stia ferma, signora, lasci andare quell'arma e alzi subito le mani sopra la testa!».

Mina lasciò cadere il decreto ministeriale, che era sì noioso e inutilmente lungo ma stentava a immaginarlo come arma, e alzò spaventata le mani.

Il carabiniere sbuffò.

«Non lei, signora. L'altra».

Mina si voltò e vide la signora Luisa che lasciava cadere una grossa pistola, alzando le mani.

Dietro i carabinieri e precedendo Concetta che arrivava veloce al ritmo di *Chattanooga choo choo*, fece il suo ingresso il magistrato Claudio De Carolis, il suo ex marito.

XXXVII

No, grazie. Non mi serve, un avvocato.

E vi dirò tutto quello che devo dire, senza problemi. Vorrei solo un bicchier d'acqua, per cortesia.

Non sono dispiaciuta che mi abbiate fermato adesso, la signora Settembre non ero proprio sicura di volerla ammazzare. Ci ho pensato a lungo. Lei in effetti quella sera, la sera della festa intendo, non c'era. Martina mi disse, quando ancora mi parlava, prima di cominciare a fare quello che poi l'ha portata dov'è adesso, che era una dei quartieri alti che se la tirava un po', che aveva sì partecipato alla commedia perché l'avevano trascinata ma che alle altre occasioni, gli incontri, le feste eccetera, non andava mai. Faceva l'occupazione radical chic, diceva Martina. E si metteva a ridere.

Questa è la prima cosa che dovete sapere, altrimenti non si capisce niente: la risata di Martina. Martina quando rideva era spettacolare. Una risata sgangherata e contagiosa, che non aveva niente di raffinato ma che era femminile e coinvolgente. Non si poteva mai rimanere seri, se rideva la mia Martina. Per questo, quando ho capito che non avrebbe riso più, mi sono resa conto che dovevo cominciare il mio progetto.

La seconda cosa sono le rose. Ora, io lo so che le rose erano come le molliche di pane di Pollicino, che vi avrebbero messi sulle mie tracce, e anzi ero sicura che sareste arrivati prima, senza offesa per carità, e che mi avreste fermata. Non mi importava molto, sia chiaro: l'importante era affermare il principio, e poi senza le rose non si sarebbe mai capito il senso, no? Invece per fortuna non avete capito, almeno finora, e io ho potuto portare a termine le cose.

Le rose ovviamente significano la commedia. Sì, lo so che non è rimasta memorabile e che se ne sono perse le tracce, ma io che c'ero vi posso dire che l'aula era piena e che tutti i presenti si divertirono e si commossero, come dev'essere a teatro. Il testo era di quello che poi è diventato avvocato, De Pasca; una storia simbolica, c'era un quadro che rappresentava una donna e ogni attore portava una rosa e recitava un monologo, chi era il figlio, chi la figlia, chi la nuora, chi un amante. *Le dodici rose*, si chiamava. Ovviamente. Il senso era proprio lì, ognuno faceva due parti perché altrimenti sarebbe durata troppo poco, e il quadro della situazione si comprendeva un po' alla volta attraverso ogni monologo, pezzo per pezzo come un puzzle di cui si capisce la figura solo alla fine.

Non era affatto brutta, sapete. Molto simbolica. Il musicista, Santoni, aveva fatto delle musiche strane ma belle, anche se dopo si mise a scrivere canzonette. C'era un'unica vera attrice, la Capano, che pareva davvero una regina; c'era la signora Settembre, qui, che recitava le parti di una governante un po' sguaiata e dell'amante del figlio. E c'era la mia Martina.

Mio marito e io abbiamo avuto solo lei. Da fidanzati sognavamo di averne chissà quanti, di figli, poi però ci siamo dovuti fermare, lui era in cassa integrazione e col mio lavoro non si guadagnava quanto adesso. Però abbiamo investito, la migliore scuola e l'università. Abbiamo fatto l'errore di tenerla un po' in disparte dai suoi coetanei, avevamo paura che fosse influenzabile. Martina, sapete, era una ragazza molto carina e dolce, ma non ha mai avuto un carattere forte. Aveva bei valori, quelli che le abbiamo dato noi, ma era così tenera. Difficile capire com'era, vedendola adesso.

Era una matricola quando ci fu questa cosa della recita. C'era stata un'occupazione, all'acqua di rose perché non erano mica più gli anni Settanta, all'epoca di Martina certe cose si facevano essenzialmente per non studiare, solidarietà con questi o con quelli, contrapposizione con il tale professore o il tale preside, eccetera. Martina era deliziosa, piccola e bellissima: non conosceva nessuno, si guardava attorno spaesata, il liceo lo sapete è un bozzolo protettivo, l'università sembra una babele all'inizio.

L'avvicinò quello che poi sarebbe diventato il regista e lo scenografo, Morra. Era un assistente, agli occhi di Martina un professore, un insegnante, quindi importante e autorevole. Fosse stato uno dei ragazzi, uno dei suoi colleghi, non gli avrebbe nemmeno rivolto la parola, il padre e io ci eravamo raccomandati e allora faceva quello che le dicevamo noi. Era tutta la nostra speranza per il futuro, Martina.

Non lo disse a casa, fino alla fine. Chissà, forse voleva farci una sorpresa; o temeva che gliel'avremmo impedito. Sta di fatto che per tutto il periodo delle prove non ci disse niente, e sapemmo della cosa solo quando ci portò l'invito per la prima. Che poi fu anche l'ultima, naturalmente.

Morra le disse che la guardava da qualche giorno. Che aveva la grazia e l'inquietudine perfetta per i due ruoli, quello della figlia e della sorella della donna nel quadro. Così disse: la grazia e l'inquietudine. Io spero che bruci per l'eternità nelle fiamme dell'inferno, e non ho dubbi che così sarà se l'inferno esiste, ma devo ammettere che aveva occhio, quel pervertito: Martina era proprio così, aveva grazia e inquietudine. Ma noi, che eravamo i genitori, non l'avevamo capito.

La commedia fu un successo, e se l'occupazione non fosse finita magari avrebbe avuto molte repliche. Magari l'avrebbe vista qualcuno di importante e sarebbe rimasto incantato da Martina, dal cuore e dall'intensità della sua recitazione, e l'avrebbe scritturata per qualcos'altro, e non saremmo qui adesso. Ma non è con i se che si fa la storia, no? No. Infatti.

Comunque fu un successo, e i successi si celebrano. Morra organizzò una festa, un paio di giorni dopo, per attori, tecnici eccetera. A casa sua, che non era quella in cui è morto, allora abitava in una specie di attico nel centro storico, una cosa all'americana, mi raccontò Martina, con un terrazzo sui tetti. Che avremmo dovuto fare, il padre e io? Non lasciarcela andare? Era così felice. Così felice. E c'erano tutti, aveva dei nuovi amici: solo la signora Settembre non andò, disse che era stanca, che aveva un esame. Solo lei non c'era.

La festa, quella festa, è il motivo per il quale ci troviamo tutti qui. Il motivo per il quale sono morti in tanti, e non solo questi delle rose. Posso avere un altro bicchier d'acqua? Vi dispiace?

Credo che la roba, quella roba, la fece trovare proprio Morra. Ci ho pensato un milione di volte in questi anni, naturalmente, e non me lo spiego altrimenti. Se l'avesse portata uno degli altri lui non l'avrebbe fatta entrare in casa sua, vi pare? Era un insegnante, in fondo. Un insegnante dovrebbe stare attento, a queste cose. E invece la roba c'era.

Prova, dissero a Martina. Prova. Lei magari non voleva, io almeno così spero, ma alla fine provò. Era debole, influenzabile, ve l'ho detto. Provò. Ed entrò in un tunnel dal quale non uscì più.

All'inizio non ce ne accorgemmo, ovvio. Avevamo da lavorare, testa bassa e fatica e alla sera eravamo distrutti e ci addormentavamo davanti alla televisione. Eravamo contenti che Martina si fosse fatta degli amici, che avesse cominciato a uscire. Pensavamo: sono universitari, no? Gente perbene, coi soldi, almeno rispetto a noi. Magari trova un fidanzato, ed esce da questa melma.

Invece Martina, la nostra dolce bella Martina, la nostra unica speranza, con tutto il futuro davanti a sé, aveva cominciato a morire. Provammo a disintossicarla per anni, facemmo debiti, vendemmo tutto quello che avevamo da vendere. Cominciai a rubare qualcosa dove ero a servizio, una collana, un anello. Stavo attenta a che fossero cose di cui non ci si accorgeva, ma alcune volte sono stata lì lì per essere scoperta. Il padre usciva di notte per andarla a cercare, la trovava in posti innominabili che non mi raccontava, stringeva le labbra e non parlava, gli occhi fissi sul ricordo terribile che aveva.

Martina era una larva, molto peggio di adesso che è ridotta com'è ridotta. Nostra figlia, la nostra speranza, era una specie di morta vivente, alla perenne ricerca di quello che serviva per un'altra dose. E un'altra. E un'altra ancora.

Quando c'è stato l'incidente, sette anni fa, in qualche modo è stata una liberazione. Intendiamoci, è la tragedia più grande che potesse accadere, ma io sono certa che Martina sarebbe morta quell'anno. E se quella di adesso è vita, e io sono convinta di sì, allora si è salvata. Ci chiamarono dall'ospedale perché una che era in macchina con lei, che non incontrammo mai, era sopravvissuta e si ricordava il nome di Martina, nessuno di loro aveva documenti addosso. In quattro, due uomini e due donne, chissà quanto fatti e di che, in faccia a un pilastro di cemento con una macchina rubata, sotto un ponte in una strada senza illuminazione nella parte est della città. I due uomini, morti sul colpo, erano seduti davanti. Nessun segno di frenata, la polizia disse che andavano a centottanta almeno. Martina rimase tra la vita e la morte per sei mesi, poi si salvò.

Ma non si è svegliata mai più.

Il padre è morto meno di un anno dopo. Stavano fermi, seduti uno di fronte all'altra senza parlare e senza

espressione, padre e figlia. Credetemi, a guardarli spez-
zavano il cuore in due. Cancro, dissero: ma per me è morto in quella macchina contro un pilastro di cemento.

Io ho tirato avanti, sono certa che Martina mi senta, quindi parlo con lei continuamente. Sono molto
brava nel mio lavoro, quindi guadagno abbastanza. Poi
c'è la pensione di reversibilità di mio marito, insomma ce la facciamo.

Una sera però, davanti alla televisione mentre tene-
vo la mano di Martina che è come un uccellino, ogni
tanto ha un fremito e io l'accarezzo, chissà perché ho
ricostruito tutto. Sono andata indietro, evento per
evento, e sono arrivata alla festa delle *dodici rose*. Ho
ricordato le urla di mia figlia, durante una delle terri-
bili reclusioni in una clinica in cui soffriva atrocemen-
te per l'astinenza, mentre malediceva quella commedia
e quella festa. Incredibilmente non me n'ero mai resa
conto. E allora ho deciso e mi sono messa a cercare.
Mi è stata utile la locandina che è appesa in camera di
mia figlia, da allora. Ci sono tutti i nomi.

No, grazie, vi ripeto che un avvocato non mi serve.
Io *voglio* che si sappia quello che è successo. Perché l'ho
fatto.

Prima ho trovato tutti gli indirizzi. Poi mi sono messa a osservare. Ci ho impiegato molto tempo, quasi due
anni, sapete. Sono stata brava. Le abitudini, i familiari. Per esempio, so esattamente i negozi in cui fa la spesa Sonia, la governante di questa casa, che è molto brava, signora Concetta, la tenga da conto, creda a me che
ne capisco. Conosco il consultorio, gli orari della signo-

261

ra Mina. E così anche di tutti gli altri, il marito tassista della Capano, il fidanzato bancario di quello schifoso di Morra, la sorella di Santoni. Tutto. Sapete com'è,
no, dottore? Una donna come me in questa città è invisibile. Può andare dove vuole, fare quello che vuole: nessuno la vede.

Quando mi sono sentita pronta, ho cominciato a
mandare le rose. Una al giorno, a ognuno, sfalsate di
pochi giorni tra le vittime perché io sono una sola, non
mi potevo fare in cinque. Quando arrivava la dodicesima, agivo.

Le rose servivano, dottore. Non a farmi scoprire,
non prima che si arrivasse in fondo almeno: ma per
spiegare a quei bastardi, ai colpevoli della morte di
mio marito e di mia figlia che respira ancora ma è morta, il perché dell'esecuzione. Lo sa, no, dottore? Io
non avevo certo una legge che mi proteggesse. Non
potevo accusare di niente nessuno, non potevo avere un processo che mi facesse giustizia. Dovevo fare
da me.

Misi a posto la pistola del nonno di mio marito, con-
servata di nascosto come cimelio di guerra. Non so quante volte quand'era bambina la povera Martina ha dovuto ascoltare il racconto di quell'ufficiale tedesco morente che affidò l'arma al suo bisnonno, perché la ven-
desse e si comprasse da mangiare. Mi esercitai di notte dietro casa, dalle parti mie i colpi di pistola non fanno molta impressione. Si esercitano in tanti.

È bastato andare da ognuno e spiegare che cercavo
lavoro, che offrivo una pulizia completa per far vede-

re, senza alcun impegno, come lavoravo. Gratis. Questa è una parola d'ordine, sa, dottore? Nessuno dice di no, quando è gratis.

Non ho paura per Martina, per chi si occuperà adesso di lei. La metteranno in un luogo dove la tratteranno bene, no? Tanto per lei un posto vale l'altro.

Non sono pentita, dottore. Sono certa di aver fatto la cosa giusta. E non perché è qui davanti, ma non mi dispiace nemmeno che abbiate salvato la signora Mina. È una brava persona, fa tanto bene ai poveri e ai disperati, l'ho osservata per molto tempo. Ma c'era, sulla locandina della commedia. Il suo nome era in mezzo agli altri. Era una questione di ordine, di simmetria. E io sono fissata, con l'ordine.

Sarà una deformazione professionale.

XXXVIII

Non riusciva a fermare il tremito delle mani. Le guardava sul ripiano del tavolo del salotto, come due animali dotati di vita propria e frementi per il terrore.

Alzò lo sguardo sui due dall'altra parte:

«Io non ci posso credere. Davvero, non riesco a crederci: voi, voi due, le persone al mondo che credevo essere più interessate al mio benessere e alla mia salute, mi avete messo consapevolmente a rischio di morire con un colpo di pistola in testa. Anzi, chiedo scusa; non è che mi avete messo a rischio: avete fatto un piano che prevedeva la possibilità che io fossi uccisa».

Concetta sbuffò.

«Mamma mia, come la fai lunga, non correvi nessun rischio, c'erano seimila carabinieri chiusi nello stanzino e Claudio nel cesso, sarebbero arrivati anche prima se quest'asino del tuo ex marito fosse riuscito ad aprire la porta, lo sai che la serratura s'incastra».

Claudio balbettò, imbarazzato.

«Non è colpa mia se è montata storta e la chiave si gira nell'altro senso, non potevo saperlo; e nemmeno potevo non chiuderla, se la Litterio avesse avuto bisogno del bagno e mi avesse trovato dentro...».

Mina lo interruppe, secca:

«Ma non potevate arrestarla subito, maledizione? Che bisogno c'era di andare così avanti? Se quella mi avesse sparato direttamente, senza perdere quel tempo a raccontarmi come funzionava il suo dannato modo di lavorare?».

Claudio fece un cenno vago con la mano.

«Ma no, il modus operandi era sempre lo stesso, quelli come lei hanno un profilo ben determinato, delle regole alle quali non vengono mai meno. Eravamo sicuri. E poi non avevamo titolo per fermarla, non aveva mai lasciato tracce. Dovevamo per forza permettere che andasse avanti, per poterla prendere col sorcio in bocca».

Mina balzò in piedi. Fra una cosa e l'altra si erano fatte le tre del mattino, e la stanchezza della giornata, la paura e lo scampato pericolo facevano venire fuori il peggio del suo carattere.

«Ma il sorcio ero io, cazzo! Non è possibile che nessuno tra voi due si fosse posto il problema che mi poteva sparare! Tu, mamma? È inaudito!».

Il Problema Uno sbuffò ancora, infastidita.

«Stai facendo un sacco di storie inutili, invece di essere felice di aver contribuito alla cattura dell'assassina di almeno quattro persone, e Dio sa se non ha fatto altro che non ha detto».

Mina la fissò velenosa.

«Posso sapere come diavolo vi siete organizzati?».

Claudio tossì, ancora in difficoltà. Si capiva dal fatto che non riusciva a guardare Mina in faccia:

«Quando mi hai detto delle rose al telefono, tutto è andato a posto. Mi sono ricordato di quell'orribile commedia che mi avevi trascinato a vedere ai tempi dell'università, il pensiero mi solleticava il subconscio da giorni, era un dettaglio che non avevamo dato alla stampa. A quel punto ho chiamato tua madre, per sapere qualcosa di questa aspirante cameriera, e...».

Concetta annuì, orgogliosa.

«Il piano l'ho ideato io, naturalmente. Questi deficienti non ci sarebbero riusciti mai, sono tutti maschi. Ho detto io a Claudio quello che avrebbero dovuto fare, con quali tempi».

Mina non riusciva a crederci:

«Tu? Tu, mia madre? La donna che mi ha partorito?».

L'anziana signora fece una smorfia:

«Non è bello che mi ricordi gli errori della mia vita adesso. Tanto te l'ho detto, non correvi rischi».

«Ma perché non me l'hai detto, si può sapere? Per quale motivo non mi hai avvisato?».

«È ovvio, perché ti saresti tradita. Non sei capace a recitare, me la ricordo pure io quella commedia, facevi schifo. E poi per una volta ti avevo salutata per bene, con affetto. Non sarebbe stato male come addio».

Mina sembrava una pentola a pressione prossima all'esplosione. Fissò Claudio, ma lui stava scrutando un centrino di pizzo sul tavolo con molta attenzione.

Gli puntò un dito addosso:

«E tu, tu eri d'accordo con lei! Con questo mostro!».

L'uomo rispose, conciliante:

«Be', il piano era buono, in effetti. E ha funzionato, lo devi ammettere, se non fosse stato per la serratura del bagno... Un piccolo intoppo, che non ha alterato il contenuto dell'operazione. Senti, ma se una brava giornalista, una veramente in gamba volesse intervistarti in esclusiva, saresti disponibile? Per carità, se non vuoi non se ne fa niente, ma se ti andasse ci sarebbe Susy che...».

Fu una fortuna che il citofono interrompesse Claudio, sottraendolo a una risposta di Mina che avrebbe avuto contenuti epici. Sonia ciabattò nel salotto:

«Signora Greta giù. Dice se signora Mina scende».

Continuando a fissare con rabbia i due, Mina disse gelida:

«Non ho finito con voi. Non ho finito, sappiatelo».

Come nella sua natura, appena uscita dalla porta cominciò a preoccuparsi. Era tardissimo, cosa poteva essere successo a Greta? Ricordò che aveva lasciato le sue amiche con Domenico, in piena fase «chiamami Mimmo»; e conosceva quelle tre, e l'enorme potenziale di danno che avevano quando si mettevano insieme.

Uscì a precipizio dal portone, sotto gli occhi attenti dei carabinieri che ancora stazionavano in strada in attesa dell'uscita di De Carolis. Greta li osservava con sospetto, da avvocato penalista erano un po' suoi nemici naturali.

«Che diavolo succede? Ma lo sai che ora è?» le disse Mina.

L'amica le rispose:

«Be', non mi pare stessi dormendo neanche tu. Ma perché tutti 'sti carabinieri sotto casa tua? Hai finalmente ammazzato tua madre?».

Mina scrollò le spalle.

«Macché, poco ci è mancato che ammazzassero me invece, ma è una lunga storia, domani ti chiamo e ti racconto. Mi dici per cortesia che ci fai qua?».

L'amica sbuffò.

«Senti, il collega tuo è veramente bellissimo, uno spettacolo della natura, identico all'attore Comesichiama, tutto quello che vuoi: ma a che serve essere così se al secondo margarita, dico al secondo, attenzione, che non si dica che l'abbiamo fatto ubriacare, ma cazzo, il secondo margarita, ti rendi conto, pure i bambini di quindici anni reggono fino al sesto, ma che cos'è un margarita, praticamente acqua minerale...».

Mina si mise entrambe le mani in faccia e con la voce rotta dal pianto disse:

«Greta, amore mio, io ti adoro e lo sai. Ma ho avuto una GdM che più GdM di così non si può immaginare, per cui per favore, vai dritta al punto. Se no mi faccio prestare la pistola da quel carabiniere e prima mi sparo io, poi sparo a te».

Greta considerò la questione con interesse professionale:

«Cioè ti spari in un punto non vitale, altrimenti non avresti poi modo di... D'accordo, d'accordo, non mettermi le mani al collo. Vado al punto. Insomma, ti dicevo che al secondo margarita questo comincia a piagnucolare e non la smette più. Discorsi sconnessi, il lavoro, la famiglia, una certa Vivi che pare sia un medico dilettante e una zoccola professionista, e soprattutto tu».

Mina sbatté le palpebre:

«Io?».

L'amica annuì gravemente.

«Sì, tu. E Mina che non mi parla, e Mina che mi mal-
tratta, Mina che è così brava, Mina su, Mina giù.
Un'ossessione. Ora tu sai che ti vogliamo bene, che ci
preoccupiamo per te. Siamo le tue amiche, no? Ma portare uno fuori a bere e ritrovarsi con questa lagna nelle orecchie è troppo pure per noi».

Suo malgrado Mina dovette tenere a bada un fasti-
dioso insistente sorriso che le faceva capolino sulla
bocca nonostante la stanchezza.

«Sì, ma... ma io che ci posso fare? Cioè, magari è
ubriaco e non è abituato e...».

«Delfina e Lulù hanno provato a capire dove abita,
per poterlo scaricare a casa sua, ma non riesce proprio
a rispondere. Piagnucola, dice che non sa che fare. Parla di un abbraccio, uno solo, che temeva tu avessi la
febbre. Parla di una camicetta, e...».

Mina pensò di sorvolare su quel punto.

«Sì, sì, vabbè, ho capito. E allora?».

«Allora abbiamo fatto la conta su chi doveva portarte-
lo qui, magari sai dove abita. Abbiamo provato a chiamarti ma hai il telefono spento, vai a dormire con le galline,
maledetta. Io ho perso; loro sono rimaste al cocktail bar
con gli amici, e io sono venuta. È là, nella mia macchina. L'avrà allagata di lacrime, adesso».

Mina si era già avviata di corsa. Domenico era seduto al posto del passeggero, assicurato dalla cintura. Lo
disincagliò e lo fece uscire, era malfermo sulle gambe,

lo sguardo vacuo, spettinato il giusto e con un filo di barba bionda sulla mascella. Gli occhi erano pieni di lacrime, e tirava su col naso. L'assistente sociale lo trovò irresistibile, in tutto identico al Redford di *Qualcosa di personale*, il suo film preferito.

Lui la fissò a lungo, cercando di metterla a fuoco.

«Mina? Sei tu? Sono morto o sto sognando?».

Greta sbuffò:

«Secondo me è morto e sta sognando».

Mina le fece cenno di andar via. Ci avrebbe pensato lei. L'amica le sorrise sollevata e disse:

«Tienilo da conto, sorella. È perfetto per te: bello, sano e molto bisognoso di aiuto. E quando ti capita più?».

Dopo di che partì sgommando, sotto gli occhi critici dei carabinieri.

«Tranquillo, Domenico. Tranquillo, ti aiuto io» disse Mina.

Lui la guardò e disse, con la bocca impastata:

«Chiamami Mimmo, ti prego».

E Mina pensò che tutto sommato anche la peggiore delle GdM alla fine si può riprendere.

Con un bel colpo di coda.

Ringraziamenti

Un piccolo libro blu.

Così semplice, eppure così importante. Un riferimento per chi entra in libreria, un sorriso per chi sa di trovare in quello scaffale un certo tipo di scrittura, un certo tipo di racconto. Un piccolo libro blu.

Un punto d'arrivo, anche: perché per chi racconta storie avere il proprio nome sulla copertina di un piccolo libro blu significa essere in meravigliosa compagnia di tanti amici, di grandi scrittori e di straordinari personaggi.

Soprattutto significa essere nello stesso catalogo del più grande di tutti, dell'indovino dei cuori, del narratore dei sogni. Dell'uomo che ha portato la letteratura nera italiana sui comodini e nelle serate di chi nemmeno leggeva, di chi nemmeno sapeva di voler immaginare. Del Maestro di racconto e di vita di cui tutti abbiamo ancora un gran bisogno. Dello scrittore con la vista più lunga e limpida che sia esistito negli ultimi cinquant'anni.

È perfino troppo poco, quindi, ringraziare per questo piccolo libro blu, con infinita riconoscenza e grandissimo rimpianto, l'immenso Andrea Camilleri.

Indice

Dodici rose a Settembre

Questo volume è stato stampato
su carta Palatina
delle Cartiere di Fabriano
nel mese di agosto 2019

Stampa: Officine Grafiche soc. coop., Palermo
Legatura: LE.I.MA. s.r.l., Palermo

La memoria